ভয়ের দশানন

শতদল সেনগুপ্ত

ISBN 979-888555688-0

প্রথম গল্প লেখার জাত্রা সুরু অনেক আগেই, তবে বারিতে জানানোর মতন সাহস কোনদিনই হয়ে ওঠেনি। ভয় লাগতো, হয়তো বলতো, "কে জানে বাবা কি ভুলভাল লিখে সময় নষ্ট করে!" তাই সেই লুকিয়ে লুকিয়ে ছোট্ট ছোট্ট গল্প লিখে আজকে এই সমন্বয় পর্যন্ত উঠে এসেছি।

এই লেখাগুলি আমি আমার স্বর্গীয় দাদু দিদা এবং আমার মা ও মামাকে উৎসর্গ করছি। সাথে উৎসর্গ করছি আমার এক স্যারকে, নাম বলবনা কিন্তু সেই প্রথম আমার লেখা আবিষ্কার করে এবং আরও লেখার সাহস দেয়।

আপনারও যারা লিখতে ভালোবাসেন তারাও থামবেন না।

বিষয়বস্তু

অনুক্রমণী

ভূমিকা

কার না ভাল লাগে একটা ফুরফুরে দুপুরে একটা ভালো গল্পের বই নিয়ে গা এলিয়ে বসতে...বিশেষ করে যদি আবার হাড় কাঁপানো ভুতের গল্প বা রোমহর্ষক গোয়েন্দা গল্প। সেই ভেবেই আমার লেখা এই দশটি গল্পের একটি ছোট্ট সমন্বয় উপহার দিলাম আপনাদেরকে। আশা করি আপনাদের ভালো লাগবে।

ধন্যবাদান্তে
শতদল সেনগুপ্ত

1

সর্বহারা

স্টেশন পর্ব:

*** ***

স্টেশনের ঘড়িতে সবে রাত ৯টা বাজলো। ঠাণ্ডাটা বেশ জাঁকিয়ে পড়েছে। এই শীতে আমরা ঠিক করলাম হাওড়ায় মায়ের এক খুড়তুতো ভাইয়ের বাড়ি যাবো কারণ তিনি মাকে একটি পত্রে তার অসুস্থতার কথা জানিয়েছেন। আমাদের পরিবারের সাথে তার বিশেষ যোগাযোগ না থাকায় আমি তাকে এই প্রথমবার দেখবো, সেই যায় হোক গত এক ঘন্টা ধরে হাওড়া গামী ট্রেনের জন্য বসে আছি...এমনি ভারতের ট্রেন সার্ভিস খুব কাঁচা। আমার হাওড়া পাড়ি দেয়ার দুটি মূল কারণ হল সেই মামার বাড়ি যাওয়া এবং সেই বিখ্যাত ৫২ ফুট লম্বা শিব ঠাকুরের মূর্তিটা দর্শন করা। "তন্ময় একটু ব্যাগটা তুলে দিবি বাবা" আমার দাদু হাঁক দিল পিছন থেকে। ভাবনায় ডুবে ছিলাম তাই একটু চমকে উঠেছিলাম তারপর নিজেকে সামলে নিয়ে দাদুকে ব্যাগটা তুলে দিলাম; দাদুর বয়স হয়েছে তাছাড়া অপারেশনের পর থেকে বিশেষ ঝুঁকে পড়ে জিনিস তুলতে পারেন না। বহু প্রতীক্ষার পর ট্রেনটি অবশেষে উপস্থিত হল। অদ্ভুতভাবে, ট্রেনটা বড্ড ফাঁকা। সে যাই হোক ওটা নিয়ে বিশেষ মাথা না ঘামিয়ে আমরা একটি ফাঁকা বার্থ দখল করে আমি আর আমার বোন ইমলি জানলার কাছের সিটগুলোয় বসলাম। দেখলাম ট্রেনটা ধীর গতিতে স্টেশন ছেড়ে এগিয়ে যেতে লাগলো এবং আস্তে আস্তে গতি বাড়ালো। মাঝে অনেকটা পথ অতিক্রম করে এসেছি, কত সুন্দর দৃশ্য,জ্যোৎস্নার আলোয় উদ্ভাসিত প্রাকৃতিক সৌন্দর্য তবে ভাগ্যটা বোধয় ভালো ছিল না। হটাত

ট্রেনটা থেমে গেল, টিসি এসে খবর দিল যে রেইলট্র্যাকের উপরে একটা গাছের গুঁড়ি ভেঙে পড়ে যাওয়ার কারণে এই বিপত্তি; ঘড়িতে দেখলাম রাত সাড়ে এগারোটা। মিনিট কুড়ি পঁচিশের মধ্যেই টিসি এসে আবার খবর দিল যে গুড়ি সরিয়ে দেয়া হয়েছে। তাই আর ঘন্টা দেড়েকের মধ্যে আমরা হাওড়া পৌঁছে যাব। শুনে মনটা স্বস্তি পেল। বাবা বললো " তনু একটু অ্যালার্মটা সেট করে দেতো ঘন্টা খানেক জিরিয়ে নি" আমিও তাই করলাম। বাইরের দৃশ্য দেখতে দেখতে কখন যে ঘুমিয়ে পড়লাম তা নিজেও ঠাহর করতে পারছিলাম না, তবে ঘুমটা ভাঙল একটা হার হীম করা আর্ত চিৎকারে;

কিন্তু অদ্ভুত ব্যাপার যে বাড়ির আর কারও ঘুমে বিন্দু মাত্র ব্যাঘাত পর্যন্ত ঘটলো না। চাপা উত্তেজনা অনুভব করছিলাম, তার সাথে মিশে ছিল মনের মাঝে এক অনিশ্চয়তার ভয়। দুরু দুরু বুকে কাঁপা হাতে বার্থের দরজাটা আস্তে করে খুলে বাইরে এলাম। দেখি চারদিকটা ঘুটঘুটে অন্ধকার; আমাদের বার্থের বাম হাত ধরে এগোলে আর দুটো একটা বার্থ পেরোলেই ট্রেনের একটা প্রবেশ পথ, সেদিকে মুখটা যেতেই দেখলাম একজন আমার দিকে চেয়ে দাঁড়িয়ে আছে। পূর্ণিমার রাত তাই আলোআঁধারিতে এক গা ছমছমে পরিবেশ সৃষ্টি করেছে। মনে হল কে যেন আমার কাঁধে হাত রাখল চমকে উঠে পিছনে ফিরতেই দেখলাম ট্রেনের টিসি। " এত রাতে বাইরে কি করছো?" টিসি আমায় জিজ্ঞেস করলেন আমি অস্ফুট স্বরে বললাম ' ও...ওই..লোকটা' , টিসি ভুরু কুঁচকে বললো " কোন লোকটা?" আমি পিছনে ফিরে দেখতে যাবো অমনি আমার শরীরের ভেতর একটা শিহরণ দৌড়ে গেল, দেখলাম কেউ নেই। টিসি আমার পিঠে হাত বুলিয়ে বললো " বার্থে গিয়ে বসো, আমরা আর মিনিট দশেকের মধ্যে হাওড়া পৌঁছে যাব....

*** ***

হাওড়া পর্ব

*** ***

একে শীতকাল তারউপর ঘড়িতে দেখলাম রাত একটা ... পরিবেশটা দেখে মনে হচ্ছে যে সাক্ষাৎ মৃত্যু পুরীতে এসে উপস্থিত হয়েছি। দেখে অবাক লাগলো যে হাওড়া স্টেশনের মতন জায়গাও এ হেন নির্জন এবং অন্ধকার, একটা লম্ফ বাতিও জ্বলছে না। দেখলাম স্টেশনের মুখ্য দ্বার দিয়ে কে যেন একটা এগিয়ে আসছে আমাদের দিকে চোখ দুটো আগুনের ন্যায় জ্বলজ্বল করছে ; একটু এগোতেই দেখলাম একজন মধ্য চল্লিশের রুগ্ন শরীর এবং গেল ভরা দাড়ি বিশিষ্ট যুবক। এমনিতে আমার বোন ইমলি খুব ডানপিটে কিন্তু

দেখলাম ঔ ভয়ে সেঁধিয়ে গেছে। লোকটির কেমন যেন শূন্য চাহনি। আমার মায়ের দিকে দৃষ্টি নিক্ষেপ করে বললেন," কি রে, এত কালে এই ভাইটার কথা মনে পড়লো তোর? কত বছর পর এলি তুই।" যেমন তার অশরীরী মার্কা চেহারা এবং ভুতুড়ে চাহনি তেমনি তার ঠাণ্ডা , গম্ভীর এবং রক্ত জল করে দেওয়ার মতন গলার স্বর। আমার দাদু তাকে সম্বোধন করে বললো ," অখিল, আর বৃথা বাক্য ব্যয় করে লাভ নেই, চল তোর বাসায় যাওয়া যাক"। "চলুন তবে, এই গরিবের কুটিরে একটু আতিথেয়তা গ্রহণ করবেন" সে উত্তরে বললো। মিনিট পঞ্চাশেক হাটা পথে তার বাড়ি, চার দিকটা জঙ্গলে ঘেরা আর মাঝে দণ্ডায়মান এক প্রাচীন আমলের একতলা বাড়ি থুড়ি ইটভাটা। চার দিক থেকে বট অশ্বত্থ গাছ মাথা চাড়া দিয়েছে । গেট পেরোতেই একটা বাগান তার ওপারে বাড়িটা, দেখলাম একটা ছোট্ট নেম-প্লেট, লেখা "সর্বহারা" বিদঘুটে নাম মাইরি।

বাড়ি প্রাচীন হলেও তাতে ফ্যান লাইট এবং বিদ্যুৎ সংযোগ আছে, দেখে আমরা সকলেই অবাক হয়েছিলাম । সে যাই হোক, এতটা পথ ধেড়িয়ে ধেড়িয়ে আসা তারউপর পেটে কিছু পড়ে নাই ; তাই উনি যখন বললেন যে "ওই ধরে কল আছে, আপনারা হাত মুখ ধুয়ে আসুন আমি খাবার পরিবেশন করছি" আমি আর ইমলি ছুট লাগিয়ে তড়িঘড়ি হাতমুখ ধুয়ে রেডি। খেতে বসে দেখলাম যে চর্ব্যচোষ্য আয়োজন, ডাল ভাত মাংস ইত্যাদি। খাওয়া শুরু করতেই আমার খটকা লাগলো যে এরম অর্থনৈতিক অবস্থাতেও এত খাবারের আয়োজন? কিন্তু পেটের জ্বালায় ওইসব মাথায় এলেও খাওয়ার দিকেই মনোনিবেশ করলাম। বাবা হঠাৎ করে প্রশ্ন করলো , " এটা কিসের মাংস হে? বড়ই সুস্বাদু," আমিও মুখ করেছিলাম যে এই মাংস সাধারণ চিকেন বা মটনের চেয়ে আলাদা, অদ্ভুত খেতে। লোকটা খানিক ইতস্তত হয়ে জবাব দিলো," ওটা ভেড়ার মাংস, কাছেই নতুন মাংসের দোকান হয়েছে ওখানে কম দামে পাওয়া যায় " শুনে আশ্চর্য হলাম কারণ কাছে পিঠে কোনও মাংসের দোকান কেন কোনও দোকানই আমার চোখে পড়ে নি। যাই হোক খাওয়া দাওয়া সেরে আমরা আমাদের ঘুমাবার ঘরটা দেখতে গেলাম। দেখলাম যে ঘরটা বেশ বড়, ঘরের একপাশে একটা বড় জানালা আর ঘরের দুধারে আর মাঝে ছোট্ট ছোট্ট কাঠের পায়ার উপর মোটা কাঠের তক্তার তৈরি তিনটে খাট। ঠিক হল একটা খাটে ইমলি আর মা, একটা খাটে বাবা আর দাদু আর জানালার কাছের খাটে আমি একা ঘুমবো। প্রথমে মা একটু আপত্তি করলেও আমার জেদের সামনে পড়ে আমাকে অনুমতি দিতেই হল। সেই

মামা আমায় বললে ," রাত্রে জানালাটা বন্ধ করে ঘুমিও" এই বলে তিনি আমায় আদর করার জন্য আমার গালে হাত দিতেই আমার মনে হল কে যেন আমার গকে বড় একটা বরফের পিণ্ড ছুঁয়ে দিল। এত ঠাণ্ডা মানুষের হাত হয় নাকি? এই সব বাদ দিলে আরেকটা জিনিস আমায় খুব কৌতূহলী করে তুলেছিল যে মামার ঘরে লাগোয়া একটা দরজা, ওটার দিকে চোখ পড়তেই মামা বলে উঠলো," ভুলেও ওই দরজায় হাত দেবে না" বলার সময় দেখলাম তার মুখটা সত্যি কেমন নৃশংস লাগছে। এখানে আসার পর থেকেই একটা অচেনা অস্বস্তি আমার পেছন করছিল যাই হোক ঘুমোতে গেলাম, তবে জানালাটা বন্ধ না করেই শুলাম। একটু ঠাণ্ডা হওয়া আসছিল তাই একটা কাঁথার উপর কম্বল মুড়ি দিয়ে শুয়েছিলাম, তবে কখন ঘুমিয়ে পড়েছিলাম জানিনা। ঘুম ভাঙল একটা বিকট শব্দে, মনে হচ্ছিল কেউ যেন হাঁটছে ; এমনিতেই কৌতূহলী মন তাই কম্বলটা একটু ফাঁক করে জানলার বাইরে দৃষ্টি নিক্ষেপ করলাম, দেখলাম একটা ছায়ামূর্তি বাগানের মধ্যে দিয়ে হেটে গেল তার পরেই শুরু হল হার হীম করা বিকট চিৎকার, মনে হচ্ছিল কেউ যেন কাউকে কুপিয়ে টুকরো টুকরো করে ফেলছে, আমার মাথাটা ভো ভো করছিল তারপর কখন যে জ্ঞান হারিয়ে ফেললাম নিজেও টের পেলাম না। জানালা খুলে শুয়েছিলাম তাই সূর্যের প্রথম রশ্মিটা পড়ার সাথে সাথেই চোখ খুলে গেল। পাস ফিরতেই ধরফরিয়ে উঠলাম দেখলাম আমার বাড়ির লোক কেউ নিজের খাটে নেই .....তবে কি ওরা....না না ওসব অকথা কুকথা অযথা ভাবতে নেই। হাতঘড়িটা খুলে বালিশের তলায় রেখেছিলাম

সেটা বের করে দেখি ভোর ৬:৩০।

এত ভোরে ওরা গেল কোথায়? আমি উঠে দরজাটা খুলে বেরোতে যাবো , দেখি আমাদের ঘরের সোজাসুজি মামার ঘর আর সেই ঘরের সামনে মামা দাঁড়িয়ে শূন্য দৃষ্টিতে আমার দিকে তাকিয়ে রয়েছেন , মুখের ভাবটা বেশ ভয়ঙ্কর। সাহস করে জিজ্ঞেস করলাম,"আ...আমার বাড়ির লোক...." তারপর খানিকক্ষণ সব নিস্তব্ধ...তারপর ওপার থেকে মামা উত্তর দিলেন "মর্নিং ওয়াকে গেছেন, আসতে দেরি হতে পারে" এই বলে তিনি তার ঘরে ঢুকে গেলেন। আস্তে আস্তে বেলা গড়িয়ে সন্ধ্যে নামতে যায় তবু কারো পাত্তা নেই, সবাই কি পুরো হাওড়া ঘুরে আসবে নাকি রে বাবা। এই সব ভাবছি তখন হঠাৎ দেখি মামা বেরোচ্ছে, বললো "ঘন্টা খানেকের মধ্যেই ফিরছি" সত্যি বলছি মামার মুখের ভাবটা আমার একদম পছন্দ হল না। মামা বেরোতেই মনে হল একবারটা ওই দরজার ওপারে কি আছে সেটা দেখা দরকার, লোকটা

একদম সুবিধার ঠেকছে না। দৌড়ে গিয়ে ব্যাগ থেকে বড় টর্চটা বের করে ওই দরজাটার সামনে গিয়ে দাঁড়ালাম দেখি তালা দেয়া ভাবলাম মামার ঘরেই চাবি তাই মামার ঘরে ঢুকলাম ;একটা খাট আর একটা টেবিল ছাড়া কিছুই নেই। ড্রয়ার আছে টেবিলে এতএব চাবি ওটাতে থাকবে এই ভেবে ড্রয়ার টানতেই ভয় পেয়ে দুপা পেছনে সরে এলাম দেখলাম চাবি তো আছে বটেই, কিন্তু তার সাথে রয়েছে একটা রক্তাক্ত ধারালো অস্ত্র, রক্তটা বোধ করি বেশ তাজা। ড্রয়ার থেকে চাবিটা তুলে ওই দরজার কাছে গিয়ে তালাটা খুললাম, তারপর ঠেলা দিতেই একটা 'ক্যাচ' শব্দ করে ওটা খুলে গেল, অন্ধকার তাই টর্চটা জালতেই দেখলাম অন্ধকারের বুক চিড়ে সিঁড়ি নেমে গেছে । আমিও সিঁড়ি বেয়ে নেমে যেতে লাগলাম ওটা শেষ হল একটা ঘরে, অনেক ক্ষণ ধরেই একটা বিকট গন্ধ নাকে আসছিল দেখলাম যে এই ঘরে আসতেই সেটা কয়েকশো গুন বেড়ে যায়। ভয় ভয় টর্চটা জ্বালালাম দেখলাম ঘরটা একটা পুরনো আমলের গুদাম ঘর, চারদিকে ধুলো ময়লার স্তর পরে গেছে। ঘরের এক কোনায় দেখলাম একটা ছোট্ট দরজা, ওটা যে রিসেন্টলি খোলা হয়েছে সেটা আর আমার বোঝা বাকি রইল না কারণ নিচে ধুলোর স্তরে ঘষার দাগ, দরজাটা খুলবার চেষ্টা করলাম কিন্তু বেশ টাইট,তাই শরীরের সমস্ত শক্তি লাগিয়ে খুললাম তারপর টর্চটা জালতেই বমি পেয়ে গেল, দেখে মনে হল যেন কশাই খানায় ঢুকে পড়েছি। মেঝেতে সমস্ত জায়গায় ধুলো ময়লা রক্তে মাখামাখি হয়ে রয়েছে। মনে একটাই প্রশ্ন, লোকটা কে? ওটা আদেও মানুষ না পিশাচ? নাকি নরখাদক ? ভাবতে ভাবতে কিসে একটা ঠোক্কর খেয়ে মুখথুবড়ে পড়লাম, তারপর উঠে টর্চটা তুলে মাটির দিকে ধরতেই দেখলাম কয়েকটা রক্তাক্ত বস্তা। একটা বস্তার দড়ি খুলতেই দেখলাম একটা হাত ঝুলে পড়লো সম্পূর্ণ রক্ত মাখা...ভালো করে লক্ষ্য করে দেখলাম হাতের কব্জিতে একটা লাল সুতো বাঁধা; হাতটা চেনা চেনা লাগছিলো, কার হাত এটা? বস্তাটা আরেকটু উঠিয়ে তার মুখটা দেখতে যাবো তক্ষুনি মনে পড়লো ' এটা তো অখিল মামার হাতের লাল সুতোটা' আর কিছু ভাবার আগেই মাথার পেছনে কে যেন একটা সজোরে বারি মারলো, মুহূর্তে চোখের সামনেটা অন্ধকার নেমে এলো তারপর....

" তারপর কি?" আশুতোষ শুধল। আমি বললাম ' তারপর তো আর মনে নেই ভাই'। সবাই কান উঁচিয়ে আমার কথা গুলো শুনছিল। পিন্টু বললো "গপ্পটা তো হেব্বি, ভাই তোর সঙ্গে তো বোধয় একমাত্র শরদিন্দুর বড়দা নারায়ণের টেনিদা আর প্রেমেন মিত্তিরের ঘনাদাই সেয়ানে সেয়ানে টক্কর

দিতে পারবে....."। " যে যাই বলুক" ডঃ পূর্বমেঘ চাটুজ্জে বললেন " তনু কিন্তু আজকের আসরটা জমিয়ে জমজমাট করে দিয়েছে"। আমি শুধু একটু মুচকি হাসলাম, বারওয়ারিতলার জানলা দিয়ে দেখলাম বাইরেটা মুশলধারে বৃষ্টি পড়ছে; এর মাঝেই জগা চা নিয়ে হাজির। আমরা সবাই ঠাণ্ডা ঠাণ্ডা ওয়েদারে গরম গরম চায়ে চুমুক দিয়ে আরামের নিঃশ্বাস ফেললাম। কাল সকালে সুরেন ওর ছেলেকে নিয়ে মুর্শিদাবাদ চলে যাচ্ছে ওদের পুরনো পৈতৃক নিবাসে ঘুরতে, তাই আজ একটু সব বন্ধুরা মিলে বারওয়ারিতলায় আড্ডা দিতে এলাম।

বহুদিন পর এরকম নির্ভেজাল আড্ডা হল, কারেন্ট ছিল না তাই মোমের আলোয় একটা বেশ মায়াবী পরিবেশ তৈরি হওয়ায় ভূতের গল্পটা বেশ জমে গেছিল। ইতিমধ্যেই দেখলাম ইমলি ছাতা নিয়ে এই বর্ষার মধ্যে আসছে, এই কয়েক সপ্তাহ হল ও কলেজে ভর্তি হয়েছে। ও এসে আমায় একটা চিঠি হাতে দিয়ে বললো," তাড়াতাড়ি ঘরে আসবি মা বাবা অপেক্ষা করছে।" বলে ও আবার বাড়ির দিকে পা বাড়ালো। এনভেলপটা মোমের আলোয় ধরতেই আমরা সকলে চমকে উঠলাম; এনভেলপের উপরের ঠিকানা হাওড়া, পাঠিয়েছে শ্রী অখিল বোস। চিঠিটা খুলতেই ডাক দেখলাম যে বিশাল সাদা কাগজের উপরে রক্তাক্ষরে লেখা "সর্ব হারা".....

2

অভিশপ্ত বাংলো

ভূমিকা

*** ***

"এই নিন, আপনার insurance এর কাগজ"....কোট প্যান্ট পরা লোকটি আমায় একতারা কাগজ ধরিয়ে দিল। আসলে বাড়িটা বিক্রি করে দেবো। এখানে আসার পর থেকেই জীবনটা এত অভিশপ্তময় হয় উঠেছে....। ভাবনায় আচ্ছন্ন হয়ে পড়েছিলাম, ঘোর কাটলো যখন হটাত করে লোকটি বাক্স প্যাটরা গুছিয়ে দরজার দিকে পা বাড়াতে যাচ্ছিলেন আমি তাকে আটক করে বললাম," কি হল? কাজ তো বাকি আছে।" উনি দেখলাম এই কনকনে ঠাণ্ডা সত্বেও তিনি ঘেমে স্নান করে গেছেন। উনি ভয়ার্ত গলায় বললেন,"ভূত...... একটা বাচ্চা ছেলে, একটা মহিলা"....শুনে ৬ মাস আগের ঘটনা মনে পড়ে গেল........সেই রাত....

*** ***

প্রথম পর্ব

*** ***

ছয় মাস আগে আমার জীবন সম্পূর্ণ বদলে যায়।

আমার নাম সুরেন, আমি আমার সাত বছরের ছেলে আর আমার স্ত্রী প্রনয়া... সুখের সংসার কাটাতাম। কিন্তু দিন বদলাতে শুরু করলো যখন প্রনয়ার লিভারে ক্যানসার ধরা পরলো , চিকিৎসার গাফিলতির কারণে বাঁচানো গেল না। তারপর থেকে আমার ছেলেটা না কেমন নিশ্চুপ হয়ে গেল, শুধু "মা" বলে কেঁদে উঠতো। খেলাধুলা, আঁকিবুঁকি...সব বন্ধ করে দিল। খুব কষ্ট

লাগতো ওকে দেখে। আমিও সারাদিন কাজে ব্যস্ত থাকতাম......তাই ভাবলাম একটু চেঞ্জ দরকার, কলকাতা শহরের বাইরে মুর্শিদাবাদের কাছেই আমার পৈতৃক বাড়ি । বহুদিন ধরে খালি পরে ছিল, ভাবলাম ওখানেই ঘুরে আসি ছেলেকে নিয়ে। আমার ছেলের সাথে খেলার জন্য আর রক্ষণাবেক্ষণের জন্য একটা বড় Alsatian কুকুর কিনেছিলাম...সেও আজ নেই.....

*** ***

দ্বিতীয় পর্ব

*** ***

মনে উৎফুল্লতা আর অনেক আশা নিয়ে বেরিয়ে পড়লাম সেই বাড়ির পথে। ঘন্টা ছয়েক লাগলো মুর্শিদাবাদে আমার পৈতৃক নিবাসে পৌঁছাতে। আমাদের বাড়ি থুড়ি বাংলো, ইংরেজদের সময়কার। কিন্তু যেতেই বিপত্তি ঘটলো, এক জনৈক পাগল হঠাৎ করে আমাদের মাঝরাস্তায় থামিয়ে দিয়ে কিসব বলতে শুরু করলো...বললো "বাবু উই বাড়িতে যাবেন না.... উখানে ভূত আছে....আজ অব্দি কেউ ওই বাড়ি থেকে ফেরেনি কো।"আমি ওসব মানি না, তাই ঠাট্টায় উড়িয়ে এগিয়ে চললাম....কিন্তু দেখলাম আমার ছেলে ভীষণ ভয় পেয়েছে। আমি বললাম..."সোনা ওসব কিছু হয় না। ভয় পায় না...তুমি না আমার সাহসী সুপারম্যান।"

বাড়িটা এতই পুরনো যে ওটা হানাবাড়ির রূপ নিয়েছে। চার দিকে আগাছা আর স্যাঁতস্যাঁতে ভাব তার সাথে একটা বিকট গন্ধ। সব গোছাতে গোছাতে রাত সাড়ে তিনটে বেজে গেল, ছেলে ঘুমিয়ে পড়েছে...কিন্তু...ওর কপালে আঁচড়ের দাগ...কয়েক মুহূর্ত আগে পর্যন্ত তো ছিল না...তবে কি...না না আমার ভ্রম হবে কোথাও একটা ঠোক্কর খেয়েছে।

পরদিন সকালে ঘুম থেকে উঠে ছেলের দিকে তাকাতেই চমকে গেলাম...আঁচড়ের দাগটা সম্পূর্ণ উধাও!...মনের মাঝে কেমন দ্বিচারিতা উৎপন্ন হল...

*** ***

তৃতীয় পর্ব

*** ***

দিন কয়েক ঠিকঠাক কাটলো...তারপর হঠাৎ দেখি আমার Alsatian টা নিশ্চুপ হয়ে গেছে....শুধু রাত বারোটা পেরলেই পাগলের মতো ঘেউ ঘেউ করতে লাগতো। আমি একদিন রেগে গিয়ে ওকে সজোরে বেল্টের বারি মারলাম...তাও দেখি একই ঘটনা রোজ ঘটে চলেছে, আমার ছেলে দেখলাম

ভীষণ ভয় পেয়ে গেছিল।

এরকম ভাবে কদিন চলল, কিন্তু আর পর যাচ্ছিল না.....ঠিক করে নিলাম একটা ইসপার উসপার করতেই হবে, কিন্তু তার আগেই যে এত কিছু ঘটে যাবে তা কে জানতো....

সেই রাতে ভীষণ বৃষ্টি পরছিল...সিঁদুরে রাঙা মেঘ সম্পূর্ণ আকাশকে গিলে ফেলে....বজ্রের মাধ্যমে নিজের রাগ প্রকাশ করছিল। আমাদের বাড়ির সামনে বিশাল বাগান, দেখলাম সেটা বাগানের বদলে কাদা ভরা চৌবাচ্চায় পরিণত হয়েছে। অফিসের কিছু কাজ শেষ করে ঘড়ির দিকে তাকিয়ে দেখি রাত পৌনে একটা বাজে....আশ্চর্য আজ তো আমার Alsatian পাগলামি করলো না। একটু স্বস্তির নিঃশ্বাস ফেলতে না ফেলতেই মনে হল চারদিকটা অস্বাভাবিক রকমের ঠাণ্ডা হয়ে গেছে.... Alsatian কেও দেখছিনা....তৎক্ষণাৎ উপরের ঘর থেকে আমার ছেলের আর্ত চিৎকার আমার কানে এসে পৌঁছল.....

*** ***

চতুর্থ পর্ব

*** ***

আমি তাড়াতাড়ি উপরে গিয়ে আঁতকে উঠলাম, দেখি আমার Alsatian খাটের উপর মরে পরে আছে আর আমার ছেলে জানালার দিকে আঙ্গুল করে আছে...আমি জানালা দিয়ে বাইরে তাকাতেই চোখ ছানাবড়া...দেখি আমার Alsatian বাগানে দাঁড়িয়ে পাগলের মতো ঘেউ ঘেউ করে যাচ্ছে.... পিছনে ফিরতেই দেখি মৃত কুকুরের দেহটা হাওয়া.... আমার মনের ভিতর তখন প্রশ্নের ঢেউ উৎপাত করছে.., দেখি আমার ছেলে হাউ হাউ করে কাঁদছে আর ভয় গুটিসুটি মেরে আমার পিছনের জানালার দিকে তাকিয়ে আছে। আমি গিয়ে আমার ছেলেকে জাপটে ধরলাম .....আমি ওকে কিছু বলার আগেই ও চিৎকার করে উঠলো..."ভূত....."....ও শুধু জানালার দিকে তাকিয়ে আছে। আমি কাউকে দেখতে পাচ্ছিনা...আমি ওকে জিজ্ঞেস করলাম যে কোথায় ভূত? ও উত্তর দিল যে একটা মেয়ে ভূত হওয়ায় দোদুল্যমান, ওর কথা শেষ হওয়ার আগেই দেখলাম ঘরের আলগুলোর জোর ভীষণ কমে গেল....আমি ঠিক করে নিলাম, না আর রিস্ক না।

আমার কাছে আমার ছেলের জীবন আগে....তাই আমি আমার ছেলেকে নিয়ে প্রাণপণে ছুট দিলাম, নগ্ন পায়ে আমি আমার ছেলে আর আমার Alsatian তখন নিজের প্রাণ হাতে নিয়ে পালাচ্ছি...এমন সময় কর্দমাক্ত বাগানের মধ্যে

দিয়ে পালাতে গিয়ে আমার আমার পা একটা গর্তে আটকে যায়..কিন্তু...কিন্তু ওখানে তো গর্ত ছিল না। দেখলাম আমায় পা ভীষণ ভারী হয়ে গেছে.. আমি আমার ছেলেকে পালিয়ে যেতে বলছি...কিন্তু বেচারা কাঁদদে কাঁদদে আমায় জাপটে জড়িয়ে ধরল। মনের সমস্ত সাহস একত্রিত করে নিজের পা তোলার চেষ্টা করলাম কিন্তু দেখলাম চেষ্টা বৃথা। পরক্ষনে মনে হল কে যেন আমার ছেলেকে টেনে আমার থেকে দূরে সরিয়ে নিয়ে যাবার চেষ্টা করছে, আমি আমার সমস্ত জোর দিয়ে ওকে জাপটে ছিলাম...কিন্তু পারলাম না... একটা অশরীরী অদৃশ্য শক্তি দেখলাম ওকে টেনে হিঁচড়ে বাংলোর ভেতর নিয়ে যাচ্ছে আর আমি শুধু মূর্তির মতন দাঁড়িয়ে দাঁড়িয়ে দেখছি আর কাঁদছি...আমার সমস্ত শরীরটা ক্রমশ ভারী হয়ে চলেছে...চোখ বুজে আসছে, দেখলাম আমার ছেলেটাকে বাংলোর মধ্যে নিয়ে গেল। এমত Alsatian টাও ওকে বাঁচানোর জন্য ছুটে বাংলোর মধ্যে ঢুকে গেল আর সাথে সাথে দরজা বন্ধ হয়ে গেল... আর আমার চোখ বন্ধ হয়ে গেল....

*** ***

পঞ্চম পর্ব

*** ***

পরদিন সকালে আমার জ্ঞান ফেরার সাথে সাথে আমি পাগলের মতো ছুটে গিয়ে আমার বাংলোর দরজায় ধাক্কা দিতেই সেটা খুলে গেল, ভেতরে গিয়ে উন্মাদের ন্যায় আমার ছেলেটাকে খুঁজবার চেষ্টা করলাম, কিন্তু পেলাম না।
আমি তখন দিশেহারা হয়ে গেছি... কানে একটা চেনা পরিচিত আওয়াজ আসতেই আমি ছুটে দরজার কাছে গিয়ে দেখি সেই জনৈক ভিখারি, ও আমায় বললো..."বাবু, আমি আপনাকে বলেছিলাম...এখানে আসবেন না। শহরের লোক কিনা , এই ভিখারির কথা কেন শুনবেন বলুন।" এই বলে সেও চলে গেল।

আজ অব্দি যেকজন আমার বাংলোয় এসেছে, সবাই ভয় পালিয়ে গেছে, সবার এক বক্তব্য...এক নারীমূর্তি... আর একটা বাচ্চা ছেলে। কিন্তু আমার Alsatian এর কি হল আজ অব্দি বুঝতে পারলাম না। কিন্তু রাত বারোটার পর আজো ঘেউ ঘেউ শুনতে পাই।

*** ***

সমাপ্তি...ভাবছেন পুলিশে জানিয়েছি কি না? জানিয়েছিলাম...আজ পর্যন্ত আমার ছেলে বা Alsatian এর মৃতদেহ উদ্ধার করতে পারেন নি কেউ।

3

কৃষ্ণচূড়া কটেজ

ভূমিকা পর্ব

*** ***

কলেজের সেকেন্ড ইয়ার, বসন্তকালের এক অলস দুপুরে ক্যান্টিনে বসে পেপারটা পড়ছি, আনন্দবাজার পত্রিকাতেও যে এরম খবর ছাপছে আজকাল, সেটা দেখে একটু আশ্চর্যই হচ্ছি। একটা বিশেষ আর্টিকেল:

"২৩ এপ্রিল ২০০৮: কৃষ্ণচূড়া হিলসের কাছে এক জনৈক রাফায়েল সাহেবের বাংলোকে পশ্চিমবঙ্গ সরকারের অধীনে কটেজে পরিণত করা হয়েছিল। কিন্তু অকস্মাৎ কিছু অধিভৌতিক কারণের জেরে এই কটেজ সাময়িক কালের জন্য বন্ধ করা হয়েছে। এখানকার বাসিন্দাদের এবং সাময়িক কালের কটেজে কর্মরত স্টাফদের দাবি যে তারা প্রতি রাতে কারও হাঁটাচলার আওয়াজ এবং আর্তচিৎকার শুনতে পান। কয়েকজনের দাবি রাফায়েল সাহেবের আত্মা নাকি এখনও সেই স্থলে বিচরণ করে বেড়ায়। ঘটনাবলীর সত্যতা বিচারে গবেষণা চলছে।"

'রাফায়েল... রাফায়েল...' নিজের মনেই দুবার নামটা উচ্চারণ করে উঠলাম; ততক্ষণে বিস্বম্ভর কত্তা, অর্থাৎ বিস্বম্ভর চক্রবর্তী কর্তা ক্যান্টিনে এসে হাজির। কত্তা আমাদের বাংলা ক্লাস নেন, এমনিতে ভারী অমায়িক লোক, কিন্তু রেগে গেলে, উহুঁ থাক, আর বললাম না। যাই হোক, উনি দিব্যি বুক ফুলিয়ে এসে বললেন, "বাবু তন্ময় তরফদার, আজ কার তরফ থেকে খবরের কাগজ পড়ছো?" আমার 'তরফদার' নামটা নিয়ে মস্করা করা ওনার রোজের একটা বিচ্ছিরি অভ্যেস হয়ে দাঁড়িয়েছে। তিনি বলে

চললেন, "কৃষ্ণচূড়া কটেজে যাবে নাকি? ওইসব বুজরুকী উড়িয়ে আসবো। সরকার তো ২৫০০০ টাকার পুরস্কার ঘোষণা করে দিয়েছে। যৌবনকালে কত ডাকাতদের মেরে ঠান্ডা করে দিয়েছি, এইসব ভুত ফুতকে ফুৎকারে উড়িয়ে দেব। আমি অবশ্য এসব মানি না। রোববার দেখে চলো যাওয়া যাক। এই রবিবার অমাবশ্যা আছে। জম্পেশ হবে বলো..."

এরপরেও ভদ্রলোক নিজের মনে অনেক্ষণ ধরে বকবক করে গেলেন, এই ফাঁকে আমি খবরের কাগজে বেরোনো "কৃষ্ণচূড়া কটেজ" আর্টিকেলের পৃষ্ঠাটা আরেকবার ভালো করে চোখ বুলিয়ে নিয়ে পকেটে পুড়ে নিলাম।

*** ***

পর্ব-১

*** ***

বাড়ি ফিরেও দেখলাম ওই একই বিষয়ে গুরুতর আলোচনা হচ্ছে। আর বেশ গভীর ভাবেই হচ্ছে; এতটাই গভীর যে আমি তিন বার কলিং বেল দেওয়া সত্ত্বেও কেউ শুনতে পায়নি। আরও কিছুক্ষণ জোরদার আলোচনা হওয়ার পর শেষমেশ আমার মায়ের দৃষ্টি আমার উপর পড়তেই মা তড়িঘড়ি গেট খুলতে চলে এল।

"কী এত সভাপরিষদ নিয়ে আলোচনা করছিলে গো তোমরা? শুনি একটু, ওই কৃষ্ণচূড়া কট.." মা আমার হাতটা চেপে ধরে ফিসফিস করে বললো, "চুপ কর, ওই অভিশপ্ত জায়গার নাম নিবি না।" এই বলে মা বারদুয়েক হরি নাম জপ করে বললো, "শোন তবে, ওই খবরের কাগজে বেরিয়েছে না কৃষ্ণচূড়া কটেজ, ওটা একটা ইংরেজ সাহেবের অতৃপ্ত আত্মার বসবাস। তোর বাবার বন্ধু, শান্তিমণি কাকুর গতকাল রাতে ওখানেই ডিউটি পড়েছিল। জানিসই তো পুলিশের কেমন বেয়ারা কাজ। সে নাকি দেখেছে এক ইংরেজ বৃদ্ধকে, ওখানে ঘুরে বেড়াচ্ছে, মাঝরাতে। রাফায়েল সাহেবের আত্মাই হবে মনে হয়, কে জানে, কী মায়াজাল ছড়িয়ে রাখা..."

আমি বললাম, "কিন্তু পেপারে তো বলছিল..."

আমার কথা শেষ করার আগেই মা বলে উঠলো, "আচ্ছা অনেক হয়েছে, যা খাবার টাবার খেয়ে নে। আর হ্যাঁ, ভুলেও ও মুখো হবি না।"

রাত্রে খাবার সময় বাড়িতে বললাম যে রবিবার বিশ্বম্ভর কত্তা ট্রিপে নিয়ে যাবে বলেছেন, রাত্তিরটা ওখানে কাটিয়ে আবার সকালে ফিরব। তবে কোথায় যাচ্ছি সেটা বললাম না। আমার বাড়ির লোকও কত্তাকে সমীহ করে চলেন, তাই বিশেষ প্রশ্নও করলেন না।

বলতে বলতে রবিবার এসে করা নাড়লো। বাবা ক্যালেন্ডার দেখে বললো যে আজ শুধু অমাবস্যা নয়, ভূতচথুর্দশীও, কারণ কাল কালিপুজো।
সন্ধ্যে নাগাদ কত্তা তাঁর জিপটা নিয়ে আমার বাড়ির সামনে থেকে আমায় পিক আপ করে সোজা রওনা দিলেন কৃষ্ণচূড়া এস্টেটের দিকে।

এখান থেকে ঘন্টা দুয়েকের যাত্রা। আমরা সন্ধ্যে ছ'টা নাগাদ বেরিয়ে রাত আটটার দিকে ওখানে পদার্পণ করলাম। দেখলাম খবরের কাগজে খুব একটা রং চড়িয়ে লেখেনি। জায়গাটায় সত্যিই একটা গা ছমছমে ব্যাপার আছে। অমাবশ্যার রাত, সম্মুখসমরে একটা পোড়ো বাড়ি, চতুর্দিকে অল্পবিস্তর ন্যাড়া জঙ্গলের ভিড়, কিছু টিমটিমে জোনাকির উড়ে বেড়ানো, সবমিলিয়ে একটা পারফেক্ট ভৌতিক কম্বিনেশন। কটেজের বাইরে একটা কেয়ারটেকার বসেছিল, অন্ধকারের জন্য মুখটা স্পষ্ট দেখা যাচ্ছিল না। কত্তাকে দেখেই একবারে ছুটে আমাদের কাছে এসে হাজির হল। এক বেঁটেখাটো মাঝবয়সী নেপালি লোক, একখান বাটারপ্লাই গোঁফ বিশিষ্ট, কোমড়ে একটা খুকড়ি গোঁজা আর পিঠে ঝুলছে আদ্দি আমলের শটগান বন্দুক, সম্ভবত এস৬ডি৬।

"সাবজি, সব তৈয়ার হয়। আপ জাইয়ে ভিতরমে। অউর ইয়ে... হেহে... মানে কুছ পয়সা... মতলব.." গার্ডটি মাঝে একটি জোর করে আনা হাসি নিয়ে কত্তাকে শুধলো, কত্তা অবিশ্যি তৎক্ষণাৎ হাসিমুখে পকেট থেকে একটা ৫০০ টাকা বের করে ওর পকেটে গুঁজে দিল। সেও এই উপঢৌকন পেয়ে প্রায় নাচতে নাচতে অন্য দিকে, সম্ভবত তার বাড়ির পথেই রওনা হয় গেল। রয়ে গেলাম আমি আর কত্তা।

*** ***

পর্ব-2

*** ***

কটেজে ঢোকার সময় কত্তাকে বাড়িতে হওয়া সব আলোচনার কথা বললাম।

"প্রেতাত্মা না ছাই, সব গুন্ডা-বদমাশের খেল। দ্যাখ না, হাতে পেলে লাঠিপেটা করে ঠান্ডা করে দেব।"

রাতের খাওয়া দাওয়া সেরে আমি ওখানেই অবস্থিত একটা ইজি চেয়ারে পিঠ ঠেকাতে না ঠেকাতেই দেখি কত্তা তাঁর বোঝাই থেকে একখান ওয়াইনের বোতল বের করে এনেছেন। আজব মানুষ তো! এই সময়ও কারোর মদ্যপানের কথা মনে হতে পারে? আমার মুখের ভাব বুঝতে পেরেই বোধহয়

কত্তা একটু জোর করে মুচকি হেসে বললেন, "ইয়ে, মানে, হেঁ হেঁ, ঠান্ডা ঠান্ডা পড়ছে তো, তাই, ইয়ে, আর কী, শরীর গরম রাখার জন্য।"

সে আর কী কারণ, আমার বুঝতে বাকি ছিল না, তাই আমিও বিশেষ কথা না বাড়িয়ে ইজি চেয়ারে গা এলিয়ে জানলার বাইরের দৃশ্যের আনন্দ লাভ করছিলাম।

কখন চোখ লেগে গেছিল বুঝতেও পারিনি, তবে ঘুমটা ভাঙলো বুটের ঠকঠকানি আওয়াজে। চোখ খুলে বুঝলাম অমাবশ্যার নিশুতি রাতে বাইরেটা বিশেষ ঠাহর করার উপায় নেই। দেখি কত্তা নাক ডেকে ঘুমোচ্ছে, তবে বুটের আওয়াজটা... বোধহয় মনের ভুল। অত্যাধিক জল তেষ্টা পাচ্ছে। সঙ্গে জলের বোতল এনেছিলাম, কিন্তু এ কী! ব্যাগে তো জলের বোতল নেই! এদিকে গলা শুকনো কাঠের মতন ফাটছে। হঠাৎ মনে হল যে এটা তো একটা কটেজ, খাবার জলের ব্যবস্থাটা থাকা উচিত অন্তত। এই আশা করে ব্যাগ থেকে টর্চটা বের করে বাইরের দিকে রওনা হলাম, আলো জ্বালালাম না, পাছে কত্তার ঘুমে ব্যাঘাত ঘটে।

বাইরে বেরোতেই দেখলাম চতুর্দিকে শুধু ঘুটঘুটে অন্ধকার, আর কেমন যেন একটা বিকট, পোড়া পোড়া গন্ধ। এত রাতে এই নির্জন স্থানে পোড়া গন্ধ? টর্চটা জ্বেলে চারদিকটা একটু চোখ বুলিয়ে সিঁড়ি বেয়ে সোজা নীচে নেমে গেলাম; রান্নাঘর সম্ভবত নীচে, কটেজে ঢুকবার সময় লক্ষ্য করেছিলাম। নীচে এসে আলো জ্বালাবার চেষ্টা করলাম, কিন্তু আলো না জ্বলায় অগত্যা অন্ধকারেই নিমজ্জিত থাকতে হল। রান্নাঘরটা খুঁজে পেতে তেমন বিশেষ অসুবিধে হয়নি; তবে রান্নাঘরে ঢুকে যা দেখলাম, কেউ বলবে না যে ওটা একটা পোড়ো বাড়ির রান্নাঘর। কিন্তু সেই বিকট গন্ধটা পিছন ছাড়ছে না।

একটু এগোতেই কীসে যেন হোঁচট খেয়ে মুখ থুবড়ে পড়লাম আর টর্চটা হাতছাড়া হয়ে মাটিতে পড়ে বন্ধ হয়ে গেল। কিন্তু বন্ধ হওয়ার আগের মুহূর্তে যে দৃশ্য আমার নয়ন গোচর করে গেছে - আমার এখনও লোম খাড়া হয়ে গেছে। এ... এক... একটা অর্ধেক জ্বলে যাওয়া লাশ... আমি ধড়ফড়িয়ে উঠে কোনওমতে টর্চটা হাতড়ে খুঁজে আবার জ্বালাতেই... লাশটা নেই! এ কী করে সম্ভব? এই তো এক্ষুনি আমি ওই মৃতদেহের পায়ে হোঁচট খেয়ে পড়লাম! নাকি... না না, সবটা বোধহয় আমার মনের ভুল... কিন্তু এত বড় মনের ভুল হতে পারে? মাথাটা ঘুরছে, কিছুই যেন বুঝতে পারছি না। কেমন দিশেহারা লাগছে। তেষ্টা, ঝিমুনি আর পরিবেশের এই গা ছমছমে ভাব, সব মিলিয়ে বুঝি আমারই মাথাটা খারাপ হয়ে গেল। আমি তড়িঘড়ি রান্নাঘরে একটা

পানীয় জলের বোতল খুঁজতে শুরু করলাম। অবশেষে জলপান করে বেরোতে যাব এমন সময় কাঁধে একটা হাড় হীম করা ঠান্ডা নিশ্বাস বোধ করলাম। ভয়ে ভয়ে পেছনে ফিরতেই... একি... কেউ তো নেই। কোনোমতে মাথা ঠান্ডা করে রান্নাঘরের বাইরে এলাম, কিন্তু পাশেই লাইব্রেরীতে ওই টিমটিমে আলোটা... না না এটাও মনের ভুল হবে, কিন্তু...

বেশ বুঝলাম, মনের মধ্যে একটা আগ্রহের প্রদীপ জ্বলছে, সেটাকে আর দমাতে পারলাম না; আলতো আলতো পায়ে সেই পুরোনো বইখানার ঘরে ঢুকলাম। বুঝতে বাকি রইল না যে ওটা সম্পূর্ণ রাফায়েল সাহেবের ব্যক্তিগত কালেকশন। চোখে পড়লো লাইব্রেরীর মধ্যে অবস্থিত টেবিলটা। বেশ পুরোনো কিন্তু এখনও মোহময় সুন্দর। কোষ্ঠকাঠিন্য চতুর্ভূজ শরীরটার উপর সবুজ গ্রেনাইট পাথরের স্তর ঝাঁ চকচকে ঘরের চতুর্দিক বেষ্টন করে আছে। তাকের পর তাক একদম 'তাক' লাগিয়ে দেওয়া বইয়ের সমাহার। আহা! পৃথিবীর প্রায় সমস্ত বিষয়ের উপরেই হয়তো বই আছে। খেয়াল করলাম টেবিলের একধারে একটি আধখোলা ডায়েরি। কাছে গিয়ে লক্ষ্য করলাম ডায়েরির পাতাগুলোর জরাজীর্ণ অবস্থা। উল্টে পাল্টে দেখলাম ওটা রাফায়েল সাহেবের ডায়েরি। মনে খুব কৌতূহল হচ্ছিল তাই ডায়েরিটা পড়া শুরু করলাম...

*** ***

পর্ব-৩

*** ***

পড়ে যা বুঝলাম, তা সংক্ষেপে বলতে গেলে:

বছরটা ১৯৩০, ভারতে জোর আন্দোলন চলছে, সরকার কারফিউ জারি করেছে, যার অধীনে, কোনও ব্যক্তি যদি আন্দোলনকারীদের সাহায্যের চেষ্টা করে থাকেন তবে তাদের কঠোর থেকে কঠোরতম শাস্তি দিতে বাধ্য হবে সরকার। এই 'সাহায্যকারী'দের মধ্যে কিছু ইংরেজও ছিলেন, তাদেরই মধ্যে একজন রাফায়েল সাহেব। ছিলেন সেনার মেডিক অফিসার কিন্তু ভারতীয় আন্দোলনকারীদের সাহায্য করতেন তলে তলে। কিন্তু তাঁর বাবার মৃত্যুর পর রাফায়েল সাহেবের ছোট ভাই ক্লার্ক, সম্পত্তির লোভে পড়েন এবং রাফায়েলের স্ত্রী ইলসার সঙ্গে সম্পর্কে জড়িয়ে পড়েন। রাফায়েল সাহেব এইসব কথা জানতে পারলে তাঁর ভাই রাফায়েল সাহেবকে ফের বিশ্বাসঘাতকতা করে পুলিশের হাতে তুলে দেন এবং তাঁর সেই সময়ে অন্তঃসত্বা স্ত্রীকে জ্যান্ত পুড়িয়ে হত্যা করেন। সত্যি, এই ঘটনার কথা পড়ে শরীরের ভেতরটা কেমন

আনচান করে উঠল। পরক্ষণেই মনে হল যেন চারদিকটা কেমন ঠান্ডা হয়ে আসছে। কাঁধে আবার একটা হীমশীতল হাতের স্পর্শ অনুভব করলাম... আমার সমস্ত শরীরের যেন রক্ত জল হয়ে গেল। একী! আমার শরীরটা... শরীরটা ভারী হয়ে আসছে কেন? চোখটাও... ঝিমুনি লাগছে... যেন শরীরের সমস্ত শক্তি কেউ শুষে নিচ্ছে.... আর... আর যেন পারছি না... সব অবশিষ্ঠ মনোবল একত্রিত করে জ্ঞান হারানোর আগে মুখ ফিরিয়ে ঝাপসা হয়ে আসা দৃষ্টিতে দেখলাম - একটি সুদর্শন ইংরেজ যুবকের ছায়ামূর্তি! পরক্ষণেই জ্ঞান হারালাম।

কতক্ষণ জ্ঞান হারিয়ে পড়েছিলাম মনে নেই। ঘুম ভাঙলো কত্তার ডাকে। ঘুম থেকে উঠেই চমকে উঠলাম। দেখি দিনের আলোয় চারদিক ভরে উঠেছে। আর ভরে উঠেছে পুলিশে।

কত্তার মুখে শুনলাম তিনিও রান্নাঘরে জল খেতে এসে একটি অর্ধেক জ্বলে যাওয়া মৃতদেহ দেখেন এবং আমাকে নিরুদ্দেশ দেখে পুলিশ ডাকেন। ঘন্টাখানেক পর পুলিশ ঘটনাস্থলে পৌঁছে সবার আগে লাশ ময়না তদন্তে পাঠায়। কিছু প্রশ্নোত্তরের পর আমাদের ছেড়ে দেয়া হয়। সেদিন রাত হয়ে যায় বাড়ি ফিরতে। কৃষ্ণচূড়া কটেজের ঘটনা শুনে সবাই বেশ চিন্তিত হয়ে পরে। আর সেই রাতেই পুলিশ ফোন করে জানান যে লাশটা আর কেউ নয়, রাফায়েল সাহেবের ভাই ক্লার্কের। এটা শুনে বুকের ভেতরটা ধড়াস করে উঠলো। মনের মাঝে প্রশ্নের জোয়ার খেলে গেল। রাতে খাওয়া দাওয়া সেরে ব্যাগ ফাঁকা করবার সময় দেখি সেই জরাজীর্ণ ডায়েরিটা, পাতা উল্টে দেখলাম, সব একই রয়েছে, কেবল শেষ পৃষ্ঠায় রক্তাক্ষরে লেখা:

"Every deed you perform pays off in your life in the most unexpected of ways.

-Raphael."

আমার সমস্ত প্রশ্নের উত্তর বুঝতে বাকি রইল না। আর যেমনটা হত, পুলিশও এই কেসের কিনারা করতে সক্ষম হল না।

4

ইন্দ্রলোকের ঐন্দ্রজালিক

ভূমিকা পর্ব

*** ***

শীত কালের আমেজটা বেশ জমে উঠেছে, তারউপর রাত হলেই বারওয়ারিতলায় এসে জগার স্পেশাল গুড়ের চা আর আমাদের তরফদার বাবুর একটি করে রং চড়ানো আষাঢ়ে গপ্প, বেশ লাগে শুনতে। " কিরে, ওরোম ভ্রু তুলে মুখটা বাংলার পাঁচ করে বসে আছিস ক্যান, তনু? " , পিন্টু বললো; " জগার হাতের গুড় চা না খেলে না গল্পটা ঠিক জমছে
না। বাই দা ওয়ে, ও কই? আজ ও এত দেরি করছে, অন্য দিনতো ৯টার মধ্যে চলে আসে, আজ ৯:৩০ বেজে গেল...শরীর ঠিক আছে তো ওর?" , ঠিক তো , জগা কোনোদিন লেট করে না; ওরও তনুর গপ্প শুনতে ভালো লাগে যে। সেদিন আর জগাও এলো না আর আমাদের গপ্পও শোনা হল না, তবে ঠিক হল সন্ধ্যে বেলা ওর বাড়ি যাওয়া হবে। সন্ধ্যে বেলা আমরা সকলে আবার বারওয়ারিতলায় মিট করে জগার বাড়ির উদ্দেশ্যে রওনা হলাম...ডঃ চাটুজ্জে ওর চিকিৎসা করতে আগেও ওর বাড়ি গেছিলো তাই উনি আমাদের চিনিয়ে নিয়ে যাচ্ছেন। দেখছি হরিজন
বস্তির কাছে একটা ছোট্ট একতলা বাড়িতে ভাড়া থাকে জগা আর ওর পরিবার। ছিমছাম বাড়ি, একটা শোবার ঘর, একটা বাথরুম আর একটা রান্নাঘর। "কানছিস ক্যান রে জগা?" পিন্টু জিজ্ঞেস করল, সত্যি তো, দেখি জগা পাগলের মতো ফুঁপিয়ে ফুঁপিয়ে কাঁদছে...আমরা ওকে দেখে কেমন অস্বস্তিতে পড়ে গেলাম। জগা বিহারের বাসিন্দা, অনেক কাল বাংলায় রয়েছে

তাই হিন্দি বাংলা মিশিয়ে বললো," বাবুজি, হামার বেটাকে পাওয়া যাচ্ছে না। হামার বাবু মিলছে না...হামার একমাত্তর সন্তান..." ,"পুলিশে খবর দিয়েছিস?" ডঃ চাটুজ্জে বললেন। " হ্যাঁ সাবজি, হামি পুলিশকে সব জানিয়েছি, কিন্তু একদিন পেরিয়ে গেছে,

হামার বাবু ফেরেনি...হামার বাবু"। তনু দেখলাম জগার পাশে গিয়ে বসে ওর পিঠে হাত বুলিয়ে নরম গলায় বললো," চিন্তা করিস না রে জগা, সব ঠিক হয়ে যাবে। আচ্ছা পুরো ঘটনাটা খুলে বলতো। " বলছি বাবু, সব বলছি(জগা শুরু করলো)......হামি, হামার বউ এর ছোট বাবু কাল সার্কাস দেখতে গিয়াথা। গ্রেট বাঙালি সার্কাস; হামি অত ভালো বাংলা জানিনে লেকিন হামার ছোট বাবু খুব ভালো বাংলা জানে তাই ওই বললো বাঙালিদের সার্কাস দেখতে যাবে। চৌরঙ্গীতে বসেছে সার্কসটা উহাতে দারুণ খেলা দেখাচ্ছিল, হামার...হামার বাবু ভীষণ খুশ থা, একদম শেষে এলো 'ইন্দার লোককা ঐন্দ্রজালিক' মিস্টার ভার্গভ। উহার

শোয়ের জন্য ভলান্টিয়ার জরুরত হুয়া থা, তাই হামার বাবু কে উনি ডাকলেন...কিতনা সুন্দর ম্যাজিক দিখায়াথা। বহুত রাত পর্যন্ত শো চলেছিল, হাম লোগ ট্যাক্সি পকরকার ঘর আগায়া, সুভাহ উঠকে দেখা হামার বাবু গায়েব। ভাবলাম খেলতে গেছে, চলে আসবে; লেকিন সুরজ ডুবনেকে বাদভি জব ও এলো না, তখন হামরা পুলিশে খবর দিলাম। হামার বাবু কাহা আছে কে জানে...মাই না হলে যে উকা ঘুম পাড়ানো যায় না।....." এরপরেই জগার কথা গুলো ভাঙাচোরা অসংলগ্ন হতে শুরু করে, বোঝা যায় যে ওর আর কিছু বলার মতন অবস্থা নেই। আমাদের সকলের মনটা খুব খারাপ হয়ে গেল, তবে তনু দেখলাম গম্ভীর হয়ে

গেছে...মনে হয় কি যেন একটা ভাবছে, রাত ১২:৩০ বাজে, তখন আমরা বাড়ি ফিরছি মাঝরাস্তায় দেখলাম তনু হঠাৎ করে চমকে উঠেছে, মনে হল ওর যেন কিছু একটা মনে পড়েছে, ও হটাত করে বলে উঠলো," আছে আছে, তন্ময় তরফদারের টেলিপ্যাথির জোর আছে, আমি বুঝে গেছি, আমি তার মানে ঠিক আন্দাজ করেছি".....আমি বললাম,"তনুরে, পাগলা হয়ে গেলি নাকি? সোনার কেল্লার ডায়লগ ঝাড়ছিস? তাও ফেলু মিত্তির প্যাটেন্ট।" তারপর ও শুধু আমাদের দিকে একগাল বড় হাসি নিয়ে তাকালো.........

"তোর ঘরটাকে তো শার্লক হোমসের ল্যাব বানিয়ে ফেলেছিস তনু"...ডঃ চাটুজ্জে

শুধলেন, সে আর বলতে? চারদিকে নিউজ পেপার কাটিং ঝুলিতং, বিভিন্ন

ম্যাগাজিনের পৃষ্ঠা মেলিতং, অটোগ্রাফ ফটোগ্রাফ হিস্টগ্রাফ কি নেই। ভালো করে লক্ষ্য করলাম যে ও ম্যাজিশিয়ান গুর্মিত ভার্গভের জীবনের উপর রিসার্চ করে ফেলেছে। " একটা জিনিস লক্ষ্য করে দেখ যবে থেকে সার্কাসটা চালু হয়েছে, তবে থেকেই একটা করে বাচ্চা উধাও হচ্ছে, আর সবাই মোটামুটি ভার্গভের শোয়ের ভলান্টিয়ার; এতএব এবার আমাদের করণীয়.....আর বলতে লাগবে?" আর কিছু বলতে লাগলো না, আমরা বুঝে গেলাম যে পরেরদিন আমরা গ্রেট বেঙ্গলি সার্কাসে যাচ্ছি। দেখলাম যে তনু এসে টেবিল থেকে একটা ডার্ট

তুলে সোজা ডার্ট বোর্ড লক্ষ্য করে ছুড়লো, বোর্ডের মাঝখানে যার ছবি ছিল একদম অচুক নিশানায় তার কপালে গিয়ে লাগলো , ছবিটা ছিল গুর্মিত ভার্গভের....

*** ***

ভার্গভ পর্ব

*** ***

সন্ধ্যে বেলা উত্তর কলকাতার রাস্তায় হাটতে বেশ ভালো লাগে। সাবেকি কল্লোলিনী তিলোত্তমা আমাদের কলকাতা, বাঙালিয়ানায় ভরা; ইতিমধ্যেই আমরা চৌরঙ্গীতে এসে উপস্থিত হয়েছি, সন্ধ্যা ৭টা থেকে শো শুরু, এখন বাজে ৬:৩০ দেখি তনু একটা ম্যাজিক ট্রিকের বই খুব মন দিয়ে পড়ছে, আমি জিগালুম "ওইটি কথা হইতে জোগাড় করিয়াছেন??" তনু বইটার থেকে মুখ না তুলে আঙ্গুল দিয়ে কাছের একটা বুক স্টল দেখাল। পৌনে সাতটা নাগাদ আমরা গিয়ে আমাদের বরাদ্দ সিটে গিয়ে বসলাম, তারপর শুরু হল সার্কাসের খেলা দেখানো, কত হাতি,বাঘ,সিংহের খেলা,পালোয়ান পালক সিংয়ের খেলা,আর একদম শেষে এলেন মহাশয় গুর্মিত ভার্গভ, ওরফে ইন্দ্রলোকের ঐন্দ্রজালিক। তার সবচেয়ে ফেমাস খেলা হল মানুষ তথা বাচ্চাদের একটা রঙচঙে বাক্সে বন্ধ করে গায়েব করা, তারপর আবার ফিরিয়ে আনা। ভার্গভ মঞ্চে আসার সাথে সাথে সার্কাসে অমনোযোগী তনু যেন তীক্ষ্ণ ঈগলের ন্যায় দৃষ্টি নিক্ষেপ করলো। তার সব খেলার শেষে এল গায়েব করার খেল, দেখলাম অডিয়েন্সএর মধ্যে থেকে একটা বাচ্চা কে ডেকে সে একটা কাঁচের আলমারিতে বন্ধ করে একটা কাপড় দিয়ে সম্পূর্ণ ঢেকে দিল, কয়েক সেকেন্ড পরে ওটা তুলতেই দেখি ছেলেটা গায়েব, সাথে সাথে আবার কাপড় ফেলে তুলে দেখালেন ছেলেটা অক্ষত অবস্থায় রয়েছে একই জায়গায়; ভিড়ের মধ্যে হাততালির ঢেউ খেলে গেল। তারপর মিঃ

ভার্গভ দুয়েক বার ' ধন্যবাদ ' বলে চলে গেলেন , সাথে সাথে দেখলাম তাঁবুতে অন্ধকার হয়ে গেল আর তনু আমার জামা ধরে টেনে তুলল আর ফিসফিস করে বললো,"চল, অন আওয়ার মিশন", আমরা সকলে উঠে তনুকে অনুসরণ করলাম; দেখি ও সোজা ভার্গভের তাঁবুর দিকে এগোল, মাথার ওপর পূর্ণিমার চাঁদের আলো, বাকি সব অন্ধকার। ওনার তাঁবুতে গিয়ে দেখি কেউ নেই..."ইয়েস, আপনার কাকে চাই?", পিছন থেকে একটা গম্ভীর গলা আমাদের সম্বোধন করলো, চমকে গিসলাম..পিছনে ফিরে দেখলাম একজন বয়স্ক ভদ্রলোক, সম্ভবত এই সার্কাসের মালিক। "মিঃ ভার্গভ কে খুঁজছেন? উনি তো শো শেষ হওয়ার পর

রোজ কাছেই একটা পোড়ো বাড়ির একটা পুরাতন কালি মন্দিরে যায়, পুজো দিতে। আপনি ওখানে যেতে পারেন। তবে আমি এক্স্যাক্ট লোকেশন বলতে পারবো না"। "লাগবে না, আমি চিনি" তনু উত্তরটা দিতেই আমরা চমকে উঠলাম; " তুই চিনলি কি করে?" আমি জিজ্ঞেস করলাম, ও হাঁটার গতি বাড়িয়ে বললো," এক সময় ওই মন্দিরটা বেশ জনপ্রিয় ছিল, তবে নরবলির জন্য। ইংরেজরা এসে বন্ধ করে দেয়, আর তান্ত্রিক সদানন্দ মহারাজ, যিনি নিজেকে নাগা সন্ন্যাস বিদ্যায় এক্সপার্ট বলতেন, সবার সামনে তার শিরশ্ছেদ করে রাস্তায় টাঙিয়ে দেয়, আজ থেকে প্রায় বছর তিনশো আগের ঘটনা এটা। এবার আসি প্রেসেন্ট টেন্সে, এই মহান ভার্গভ...অবশ্য এটা পোশাকি নাম...ও ব্যাটার আসল নাম সুরেন্দ্র নারায়ণ বাগচী..হল ওই অঘোরীর উত্তরসূরি। তোরা যদি লক্ষ্য করে থাকিস তাহলে আজ সার্কাসের ১০০ তম দিন, আর....আমার থিওরি অনুযায়ী, এ একশটা বাচ্চার বলী দিয়ে সদানন্দকে পুনর্জীবন দেয়ার প্ল্যান করছে".....এবার দেখলাম আমরা সকলে প্রায় দৌড় লাগাচ্ছি, কয়েকটা টার্নিং নেয়ার পরেই দেখলাম যে আমরা একটা জীর্ন, ভগ্নপ্রায়, বাড়ির সামনে এসে হাজির হয়েছি।

দেখলাম বাড়িটার সামনে আগাছার আর ক্লাইমবার গাছের জঙ্গল, সামনে একটা বিশাল বড় জং ধরা গেট, সদ্য খোলা হয়েছে কারন যে খুলেছে, সে তালাটা গেটেই ঝুলিয়ে চলেগেছে। আমাদের বুকের ভেতর দুপদুপ আওয়াজ হচ্ছিল, সাহস করে আমরা তনুকে অনুসরণ করলাম। চারদিকে শুকনো পাতা ছড়িয়ে থাকায় কচমচ আওয়াজ হচ্ছিল, একটু এগোতেই দেখি তনু মোবাইলের টর্চটা জেলে চারদিকটা ভালো করে দেখে মোবাইলটা আবার পকেটস্থ করলো, তারপর ঝুঁকে একটা বড় লোহার কভারের মতন কিছু একটা মাটি থেকে তুললো। দেখলাম একটা ম্যান হলের মতন সুড়ঙ্গের পথ,

সরু লোহার মই নেমে গেছে নীচে..দেখলাম হালকা হালকা আলোর আভা আছে সেখানে, অর্থাৎ কেউ ওখানে আছে। আমরা সবাই ওই সিঁড়ি বেয়ে নীচে নেমে গেলাম, নিচে নেমে যা দেখলাম , আমার শরীরে কাঁটা দিয়ে উঠলো...সে কি নৃশংস দৃশ্য, দেখি এক বিশাল বড় পুজোর চাতাল, এক দিকে কয়েদখানা, ওখানে বন্দি একশটা বাচ্চা, অদ্ভুত...কেউ নড়াচড়া করছে না, বোঝা গেল যে সবাই হিপ্নোটাইস্ড। আরেক দিকে এক বিশাল খোদাই করা মহাকালীর মূর্তি। দেখছি ভার্গভ দেখছি সামনে যোগ্য করছে, কুণ্ডের চারিদিকে কঙ্কাল আর খুলির ছড়াছড়ি....ভার্গভের ঠিক সামনে দুটো জিনিস, একটা বিশাল তক্তা, তার উপরে রয়েছে একটা পঁচাগলা দেহ তাও আবার মুন্ডুহীন আর কাছেই একটা বর্ষায় বিদ্ধ খুলি আর তার পাশে নরবলি দেয়ার সরঞ্জাম। " এসব কি রে, তনু?" পিন্টু জিজ্ঞেস করল, কিন্তু...কিন্তু তনু কই? ওকে তো দেখতে পাইতেসি না। আমরা তনুকে দেখতে পাই না পাই, কিন্তু ভার্গভ দেখলাম আমাদের দেখতে পেয়ে গেছে....ওর মুখটা কোনো অংশে একটা পিশাচের চেয়ে কম লাগছিল না, খালি গায়ে ছাই ভস্ম মেখে হাতে বিশাল বড় ভোজালি নিয়ে...ওর চোখ দুটো সম্পূর্ণ রক্তবর্ণ, ও উঠতেই আমরা পালাবার উপক্রম করলাম কিন্তু বৃথা, বেশ বুঝতে পারছি যে আমাদের পা গুলো কোন অশরীরী বলে ভারী হয়ে গেছে আমরা এক চুলও নড়তে পারছিনা। দেখছি ভার্গভ ভোজালি নিয়ে আমাদের দিকে এগিয়ে আসছে, ওর মুখ হিংস্রতা আর আমাদের কপাল থেকে ঘাম উপচে পড়ছে।" তনু এই ভাবে আমাদের একা ফেলে পালালো?...বিট্রেয়াল!!" পিন্টু বললো...আর বেশি সময় হাতে নেই....বুক দুপদুপানি কয়েকশো গুন বেড়ে গেছে, তবে কি...তবে কি আজই এই ছোট্ট বেনামি, মাছ ভাত খাওয়া সাদা সিধে জীবনটার শেষ দিন? আ...আমার মাথা কাজ করছে না..ভার্গভ দেখলাম আমাদের সামনে উপস্থিত, যেন সাক্ষাৎ মৃত্যু দূত, দেখলাম আগে আমাকে লক্ষ্য করে ভোজালিটা শূন্যে তুলে নামাতে যাবে, অমনি আমার চোখের সামনে সম্পূর্ণ ব্ল্যাক আউট, কতক্ষণ যে অজ্ঞান ছিলাম জানি না; জ্ঞান ফিরলো তনুর লাথি খেয়ে, উঠে দেখলাম বেঁচে আছি আর ঘর ভর্তি পুলিশ। বাচ্চাদের বের করে উপরে নিয়ে যাওয়া হয়েছে...."একি ভার্গভ......ভার্গভ অজ্ঞান?" , তনু অট্টহাস্য হেসে বললো "হয় রে খ্যাপা, তবে শোন তোর মাথার কারেন্ট চলে যাওয়ার পর কি হল, আসলে তোরা যখন আমায় খুজজিলিস তখন আমি একটা চোরাই রাস্তা ধরে ওই কালি মূর্তির পিছনে গিয়ে উঠলাম, তোরা বেশ ভালো distraction এর কাজ করছিলি তাই আমার কাজ করতে হেব্বি

সুবিধে হল। ও যতক্ষণে নিজের মন্ত্র বলে তোদের পা ভারী করে ভোজালি নিয়ে তোদের দিকে এগোয়ে, আমি চুপটি করে ওই বল্লম থেকে সদানন্দের খুলিটা তুলে ও ব্যাটারে ছুড়ে মারি। অবিশ্বাস্য ভাবে ওটা স্ট্রেট ওর মুণ্ডুর পিছনে লাগলো আর ও মাটিতে পটকে গেল। খুলিটারও কিস্যু ছিল না, মাটি স্পর্শ করতেই গুঁড়িয়ে যায়, এর পর ডাক্তার বাবু পুলিশ ডেকে নিয়ে আসেন আর....আমার জল তেষ্টা পেয়েছে, বাকিটা বুঝেনে"...

মিনিট দশেক ধরে ঘর থেকে সবাই বেরিয়ে গেল, শুধু আমি আর তনুই বাকি...আমরা বেরোতে যাবো, ও।নি একটা দমকা হাওয়া আমাদের স্পর্শ করলো, তার সাথে ভেসে এল একটা রক্ত জল করে দেয়ার মতন অশরীরী হাসি; তনুর দৃষ্টি দেখলাম এক্কেবারে আমার পিছনে, আমিও তাই পিছনে ফিরতেই ভয় মাটিতে বসে পড়লাম....দেখি যে খুলিটা গুঁড়িয়ে গিসলো ওটা আস্তে আস্তে আবার নিজ রূপ ধারণ করছে, কিন্তু ওটা সম্পূর্ণ হওয়ার আগেই তনু দৌড়ে গিয়ে ওটাকে

আবার বর্ষায় গেঁথে দিয়ে এল আর তারপর...আমরা এক নিঃশ্বাসে ছুটে উপরে গেলাম আর সেই লোহার কভার নামিয়ে....

*** ***

"নামিয়ে কি?" পিন্টু জিজ্ঞেস করলো, "দাঁড়া, ভাবতে দে, ওই জগা আরেক কাপ চা আন রে ভাই" তনু বললো। "ব্যাটা পুরো গল্পই আমার জবানিতে বললি, আর এই দিকে আমাকেই কাওয়ার্ড অডিয়েন্স বানিয়ে ছাড়লি? সাহস তো কম না" আমি অর্থাৎ শ্রী আশুতোষ মান্না শুধালুম , তনু দেখলাম শুধু খিলখিল করে হেসে ঝপ করে আমার মাথার পিছন থেকে একটা কয়েন বার করে আমায় দিল....আর জাদুকরের ভঙ্গিতে বললো...ম্যাজিক...?

5
পিয়াল বাবুর গপ্প

ভূমিকা পর্ব

*** ***

বছর চারেক আগের কথা, আমি সবে প্রেসিডেন্সি কলেজে প্রত্নতত্ত্ব বিভাগের অধ্যাপক রূপে জয়েন করেছি। আমার সাথেই জয়েন করেছিলেন পিয়াল চক্কত্তি বলে একজন, অবশ্য তিনি ফাইন আর্টস বিভাগের। আমার চেয়ে মাত্র বছর দুয়েকের বড় কিন্তু ভীষণ হ্যান্ডসাম দেখতে আর দুর্দান্ত তার অঙ্কনের হাত, কলেজের কত মেয়ে যে পিয়ালদার নাম শুনেই অজ্ঞান; আমার অবশ্য তার লেখাগুলো বেশ লাগতো, মূলত ভৌতিক গল্প লিখতেন...বিভিন্ন ছোট খাটো ম্যাগে, ব্লগে প্রকাশিত হয়েছিল কিন্তু বিশেষ পাত্তা পায় নি। কিন্তু পিয়াল দা লেখা হিট করানোর জন্য প্রায় ছিট গ্রস্থ হয়ে উঠে ছিলেন... তাই বোধয় অর্ধেক দিন কামাই, মেসেজের রিপ্লাই নেই আর ফোন সুইচ অফ। আমার আর পিয়াল দার খুব ভাব জমে গিসলো, একে অপরের বাড়িও গিসলাম তাই আমারও এক এক বড্ড বোর লাগতো। পিয়ালদার বাড়ি শান্তিপুর, নদিয়ায়, আমার দিদার আদি নিবাসও শান্তি পুর তাই যাতায়াত ছিলই। একদিন টিকিট কেটে বেরিয়ে পড়লাম যেতে মোটামুটি ঘন্টা তিনেক লাগলো, স্টেশন থেকে নেমে একটা ভ্যানে করে পিয়ালদার বাড়ির উদ্দেশ্য নিয়ে রওনা হলাম। সেবার পৌঁছতে পৌঁছতে রাত হয়ে গিসলো তাই অদ্ভুত রকমের নির্জন আর আলোআঁধারিতে মায়াময় পরিবেশ সৃষ্টি হয়েছিল। রাস্তাটা একটু ভুলে ভুলে গেছি তাই সামনের জনকে জিজ্ঞেস করলাম, কিন্তু ও মা, কোনো উত্তর না দিয়ে ব্যাটা পুটপুট করে চারদিকের ঝোপঝাড়ের মধ্যে চলে গেল?

আমিও নাছোড় বান্দা...আমিও পিছু পিছু যাওয়ার চেষ্টা করলাম, কিন্তু একটু এগোতেই দেখি লোকটা হাওয়া, কিস্যু নেই, জাস্ট ভ্যানিশ। নিজের চোখের উপর বিশ্বাস করতে কষ্ট হচ্ছিল, তাই একটু এদিক ওদিক তাকিয়ে দেখার চেষ্টা করলাম কিন্তু সত্যি ভ্যানিশ, তৎক্ষণাৎ একটা কুকুরের মত ডাকে পিছনে ফিরলাম....যা দেখলাম...একটা নেকড়ে শিকারি দৃষ্টিতে আমার দিকে দৃষ্টি নিক্ষেপ করে রয়েছে। আমার তো মাথার ঘাম হাঁটু দিয়ে বেরোনোর অবস্থা। কোনোমতে নিজের ভয় কে জয় করে আমার কোল্ট রিভলভারটা বের করলাম, লক্ষ্য করলাম যে নেকড়েটা বড়....অস্বাভাবিক রকমের বড়...দাঁতগুলো খিঁচিয়ে রয়েছে, তারপর মুহূর্তে জি কি হল, আমিও বুঝে উঠতে পারিনি। দেখলাম নেকড়েটা আমার উপরে ঝাঁপ মারলো, আমি বন্দুকের ট্রিগার টিপতে গেলাম কিন্তু তার আগেই কে একটা আমায় জাপটে ধরে লাফ মারলো; দেখলাম নেকড়েটা জঙ্গলের দিকে চলে গেল, আর আমার মাথাটা ঝিমঝিম করছিল, আমি জ্ঞান হারালাম।

*** ***

পিয়াল পর্ব

*** ***

"ঠিক আছিস ভাই?", একটা চেনা স্বরে প্রশ্নটা এল। আমি ধরফরিয়ে উঠে বললাম," বেঁচে আছি?মরে গেছি? স্বর্গে ,মর্তে, নরকে এক্সাক্টলি কোথায় আছি?" প্রশ্নের উত্তরে সামনের জন আমাকে সজোরে একটা থাপ্পড় কষিয়ে একমগ জল ঢেলে দেয় আমার মাথায়। চোখ রগড়ে দেখে বললাম, "পিয়াল দা!!, তুমি বেঁচে আছো? এতদিন পাত্তা নেই কেন?", পিয়ালদা শুধু মুচকি হেসে দেখলাম জানলাটা একটু ফাঁক করে বাইরেটা একবার দেখে নিয়ে আমায় বলল "পিছনে আয়ে", দেখলাম ঘরে একটা চোরাই রাস্তা খোদাই করা। আমি নিচে নেমে দেখলাম একটা বড় ফাঁকা ঘর, চারদিকে কাগজপত্র ছড়ানো, পিয়ালদা দেখি আমাকে একটা বই ধরাল, বলল," নতুন লিখেছি একটু পড়ে দেখ প্লিজ। আমি চা...অবশ্য রাত ২টোর সময় চা...একটু কোল্ড ড্রিঙ্ক আনছি তুই পড়।" পিয়ালদার হাবভাব বড্ড অস্বাভাবিক লাগছিল, এতো আমার চেনা পিয়ালদা নয়। যায় হোক বইটা পড়তে শুরু করলাম, চটি বই, খান দশেক পৃষ্ঠা। লেখা " আজ পয়লা বৈশাখ, নতুন কিছু গল্প লিখেছি, কিন্তু কদর পাচ্ছিনা। নতুনত্বের মধ্যে একবার প্ল্যানচেট ট্রাই করে আমার এক পুরনো লেখক বন্ধুকে নামানোর চেষ্টা করলাম, কিন্তু কি হল বুঝতে পারছি না। হটাত ঘরের মধ্যে কাউকে ফিল করলাম ঠিকই কিন্তু

তৎক্ষণাৎ প্ল্যানচেট বোর্ডটা ভেঙে গেল। তারপর অবশ্য কটাদিন শান্তিতে গেছে, শুরু হয়েছে সপ্তাহ দুয়েক আগে থেকে যখন আমি অমানুষিক শীর্ষক গল্পটা লিখলাম, বিষয় এক লেখকের লেখনী সত্যি হয়ে যাওয়া। দেখলাম আমার সাথেও এই ভয়ঙ্কর কাণ্ড ঘটছে, কারণ আমি কয়েক দিন আগে আমাদের পাশের বাড়ির ছেলেটিকে নিয়ে রচনা করছিলাম, আর ঠিক যেমন ওর মৃত্যু আমি কল্পনা করেছি ঠিক তেমনি ওর মৃত্যু হয়েছে... আমারই তৈরি নরখাদকের হাতে....কাউকে বলে বোঝাতে পারব না, কতটা পৈশাচিক আনন্দ পেয়েছি, কিন্তু ...কিন্তু আনন্দটা যেন আমার নয়। অনেক হাবিজাবি ঘটনার পর আমি ফ্রাস্টেশনে ভুগতে শুরু করলাম, গ্রামের লোকেরা আমাকে এক ঘরে করে দিল। আমারও কেমন অদ্ভুত লাগতে শুরু করেছে, মনের মধ্যে শুধু হিংস্রতা পরিপূর্ণ হয়ে রয়েছে। ফ্রাস্টেশন কাটানোর জন্য আবার আঁকা নিয়ে বসলাম, একে ফেল্লাম একটা বৃহৎ আকৃতির নেকড়ে, কে জানতো তারপর এত কিছু হয়ে যাবে?...একে পূর্ণিমার রাত, দালানে বসে হটাত একটা নেকড়ের কথা মাথায় এল, চটপট এঁকে ফেললাম, দেখলাম আকার কয়েক মুহূর্তের মধ্যেই আঁকাটার সমস্ত রংগুলো আপনা থেকেই ঘেঁটে ঘুঁটে একাকার আর মাঝখানে দেখলাম রক্তের দাগ, তাজা রক্ত.... বুকের ভেতরটা ধুকধুক করছিল, অমনি একটা রক্ত জল করা নেকড়ের ডাক...পিছন ফিরে দেখি আমার আঁকা নেকড়েটা... হুবহু এক একপ্রকার হিংস্র ভাব নিয়ে আমার দিকে তাকিয়ে, পাশের ঝোপটা চিরে দেখলাম আমার সৃষ্ট সেই নরখাদক, কিন্তু...কিন্তু ওকে যে গ্রামবাসীরা জ্বালিয়ে দিয়েছিল? মুহূর্তের মধ্যে দেখলাম নেকড়েটা আমায় লক্ষ্য করে একটা শিকারি লাফ, আমার চোখের সামনে সম্পূর্ণ অন্ধকার....তারপর....

*** ***

অন্তিম পর্ব

*** ***

ঘরটা অন্ধকার ছিল তাই চোখের খুব কাছে এনে আমি পড়ছিলাম , কিন্তু চোখের সামনে থেকে কাগজ নামাতেই দেখলাম কয়েক মুহূর্ত আগে যে ঘরটা টিপটপ ছিল, সেটা কেমন ভয়ঙ্কর মৃত্যুপুরীর মতন মনে হতে লাগলো, চারদিকে মাকড়সার জাল, ঝুল ময়লা কিন্তু, সেই বস্তাটা একই জায়গায় রয়েছে, মনটা উসখুস করছিল ওই বস্তাটা খোলার জন্য, তাই ধীরে ধীরে ওই বস্তাটার দিকে এগিয়ে গেলাম। মনে সাহস জুগিয়ে একটানে বস্তার মুখটা খুলে ফেললাম, তার সাথে সাথেই একটা হার হীম করা নেকড়ের ডাক

আর বস্তার ভেতর থেকে একটা পঁচাগলা দেহ বেরিয়ে এল; দুর্গন্ধে আমি বমি করে ফেললাম; ভাবলাম....নাঃ এখন থেকে পালাতেই হবে নাহলে আজ আমার ছবি হয়ে যাওয়া শিওর। আমি তড়িঘড়ি উঠে দরজা খুলতেই দেখি সামনে নেকড়েটা নিজের বিখ্যাত পোজ নিয়ে আমার সামনে দাঁড়িয়ে। আমি কিংকর্তব্যবিমূঢ় হয়ে সজোরে দরজাটা বন্ধ করে খিল টেনে রুমাল বের করে আমার কপালটা মুছে নিলাম। মনে হচ্ছিল, এখানে যদি টপকে যাই তাহলে তো আমার ছবিতে মালা দেওয়ার জন্যও লোক থাকবে না। মনে যতটা সাহস ছিল সবটা সংগ্রহ করে নিয়ে পিয়ালদার আঁকার ঘরে ঢুকলাম; ঢুকতেই দেখি একটা বিশাল নেকড়ের ছবি দেয়ালে টাঙানো, হুবহু সেই নেকড়েটা। তাহলে কি পিয়ালদা যা লিখেছে সব....না এটা হতে পারে না, কারোর আঁকা ছবি কিভাবে জীবন পেতে পারে? ছবিটার উল্টো দিকে পিয়ালদার টেবিল, ওখানে দেখলাম একটা লেখার ড্রাফট, নাম 'নরখাদকের শিকার' জানালার উপর কার একটা করাঘাত শুনলাম তাই জানালার দিকে এগোতে যাবো অমনি কে একটা আমার হাত ধরে আমাকে দাঁড় করিয়ে দিল। দেখলাম পিয়ালদা আমি কিছু বলতে যাওয়ার আগেই আমার মুখের উপর হাত রেখে আমায় চুপ করিয়ে দিলেন, তারপর ...ওই ওই ড্রাফটের মধ্যে থেকে একটা ছোট্ট চিরকুট বার করে আমায় দিলেন তাতে লেখা,"তন্ময় যদি তুমি এই চিঠিটা পেয়ে থাকো তাহলে বুঝে নেবে যে আমি আর ইহলোকে নেই। কিন্তু আমার আত্মার তৃপ্তি তো তখন হবে যখন আমার তৈরি ওই দুটো ধ্বংসাত্মক জানোয়ার গুলো শেষ হয়ে যাবে; যাতে অন্তত আমার মত নির্মম পরিণতি কারো না হয়। না আমি ভুত হয়ে চিঠি লিখিনি। গুরুতর আহত হয়েছিলাম, কোনোমতে ঘরে ঢুকে তোমার জন্য চিঠি গুলি লিখি.... আমার গ্রামের লোকেরাও আমার পাশে দাঁড়ায় নি....আমাকে মরতে ছেড়ে দিয়েছে....ভাই আমার...আমার শেষ ইচ্ছেটা পূরণ করে দাও, আমার লেখা আঁকা দুটোই পুড়িয়ে ছারখার করে দাও, আমি চাইনা আমার মতন...." চিঠিতে আর কিছু নেই... ঘর সম্পূর্ণ ফাঁকা...গুমোট নিস্তব্ধ পরিবেশ সৃষ্টি হয়েছে, নিজের প্রিয় বন্ধুকে হারিয়ে তখন আমার মাথা কাজ করছে না...'ব্যাস এবার অনেক হয়েছে,' মনে মনে বললাম দেয়াল থেকে নেকড়ের ছবিটা নামালাম আর নামাতেই দরজার উপর শুরু হল ভয়ঙ্কর করাঘাত আর নেকড়ের ডাক...আমার আর ভয় করছে না... ঠাণ্ডা মাথায় ছবিটা নামিয়ে মাটিতে ফেলে লেখার ড্রাফট টা ওর উপরে ফেলে স্ট্রেট চলে গেলাম রান্নাঘরে, দেখলাম খুব সামান্য পরিমাণ কিন্তু একটা বোতলে কিছু কেরাচিনি আছে,

ওটা এনেই আমি ঐ বস্তু গুলোর উপর ছড়িয়ে দিলাম। হটাত মনে পড়লো....দেশলাই? আবার ছুট রান্না ঘরে তন্ন তন্ন করে খুজলাম, অনেক সময় নষ্ট হচ্ছে শেষ পর্যন্ত একটা দেশলাই বাক্স খুঁজে পেলাম যেটায় ভাঙাচোরা কয়েকটা কাঠি অবশিষ্ট আছে , লক্ষ্য করেছিলাম যে করাঘাত আর নেকড়ের ডাক মাত্রাধিক বেরেগেছে.....না আর কিছু ভাবার সময় নেই এক দৌড়ে আবার আঁকার ঘরে কিন্তু সময়ের খেলা মেইন দরজা ভেঙে গেল। দেখলাম সেই নেকড়ে আর নরখাদক আমার দিকে এগিয়ে আসছে আমি বাক্স থেকে একটা করে কাঠি বের করে ধরবার চেষ্টা করছি...এক...দুই...তিন...সব ড্যাম্প পড়া....সারা শরীর দিয়ে ঘাম ঝরছে...অবশেষে ৬ নম্বর কাঠি জ্বললো...আর কিছু ভাববার দরকার নেই, ছুড়ে দিলাম আঁকা লেখার উপর আর একই সাথে নেকড়েটা আমায় লক্ষ্য করে ঝাঁপ পকেট থেকে কোল্ট রিভলভারটা বের করেই চোখ বন্ধ করে ট্রিগার টিপে দিলাম....চোখ খুলে দেখলাম ঘরটা ফাঁকা, শুধু ওই আঁকা লেখাটা জ্বলছে একবারের জন্য মনে হল সামনে পিয়ালদাকে দেখতে পেলাম, মুখে একটা তৃপ্তির হাসি নিয়ে....তবে একা নয়, কে একটা যেন ঠিক তার পিছনেই ছিল....ধীরে ধীরে দেখলাম দুই অশরীরী স্পিরিট গুলো হওয়ায় মিলিয়ে গেল আর একটা দমকা হাওয়া আমার মুখে এসে লাগলো, দেখি কিছু গ্রামীণ যুবক খোলা দরজার বাইরে দাঁড়িয়ে.....

*** ***

ব্যাক টু বারওয়ারিতলা পর্ব

*** ***

"দেন? দেন ওয়াট অকার্ড?" ,ডঃ চাটুজ্জে জিজ্ঞেস করলেন, " তারপর বিশেষ কিছু না, রিটার্ন টিকিট কেটে ব্যাক টু বারওয়ারিতলা" তনু উত্তর দিল। পিন্টু দেখি কাঁদছে..." কাঁদিস ক্যান" আমি জিজ্ঞেস করলাম। পিন্টু একপ্রকার চোটে গিয়ে বলল ," এত ট্র্যাজিক স্টোরি তো হিন্দি ছবিতেও হয় না..." । " আচ্ছা তনু তোর প্রত্যেক গল্পের পর..." আমার কথায় ব্যাঘাত ঘটলো, একটা ফ্লিপকার্টের ডেলিভারি বয় এসে তনুকে ডেকে কি একটা ডেলিভারি দিয়ে পেমেন্ট নিয়ে চলে গেল; দেখলাম একটা রাংতায় মোরা বই; খুলতে খুলতে তনু বলল," আশু, তোর প্রশ্নের উত্তর এতেই আছে...." দেখলাম তনু একটানে রাংতা সরিয়ে দিয়ে আমাকে ধরিয়ে দিল... যথারিথি, আমার বইটার কভার দেখে অবস্থা টাইট; সবাইকে দেখালাম বইটার নাম, " ইন্ডিয়ান মেথডস অফ রোমান আর্ট এন্ড পর্ট্রেটস" ...বাই....বাই... "মিঃ পিয়াল চক্রবর্তী", ২০১৩

এডিশন.......

6

চিত্র-হার

[ফোন ভাইব্রেট করার শব্দ]

-হ্যালো।

-হ্যালো!!.....প্রফেসর তরফদার?

-হ্যাঁ বলুন....

-ইয়ে, বলচিলাম আমি ইন্সপেক্টর দাস বলচি।

-হ্যাঁ বলুন ।

-বলচিলাম যে একটা কেস এসেছে নতুন রকমের। মানে আপনি যেরকম জিনিসের উপর কাজ করেন, ওরোম। যদি একবার এসে দেখা করে যান।

-আচ্ছা, আমি আধ ঘন্টার মধ্যে আসছি।

[ফোন কেটে দেয়ার শব্দ]

*** *** ***

[টাইপরাইটারের টাইপিংয়ের শব্দ...]

কেস নং- I00507

তারিখ: ৭/৭/১৮

... ...

-"সমস্ত ডিটেলে বলুন, সবটা পরিষ্কার করে জানা দরকার", ইন্সপেক্টর ঘোষ বললেন।

-"আমার নাম বোধোদয় চক্রবর্তী, কলেজ স্ট্রিটে থাকি। পেশায় একজন শিল্পী, আরো ভালো বলতে গেলে অঙ্কন শিল্পী। প্রেসিডেন্সি কলেজের কাছে আমার একটা ছোট্ট আর্ট গ্যালারিও আছে। বাড়িতে পরিবার বলতে আমি

আমার স্ত্রী স্বর্ণময়ী। জন্মানোর সময় মা লোকান্তরিত হন, এবং বাবা মারা গেছেন বছর দুই হল। নিজের কোন ভাই বোন নেই, বাবা মায়ের একমাত্র সন্তান। অর্থনৈতিক ভাবেও পোক্ত। এই গেল আমার পরিচয়। এবার আসি মূল ঘটনায়, আমার আর্ট গ্যালারিতে কর্মরতা একটি মেয়ে, কোয়েল মুখার্জি ...আসলে আর্ট কলেজের পড়ুয়া, আমার গ্যালারিতে পার্ট টাইম করতো বা বলতে পারেন ইন্টার্ন ছিল। এমনি সরল সিধে মেয়ে, পয়সার অভাবে পড়াশুনো করতে সমস্যা হচ্ছিল তাই আর্ট কলেজের আমার এক প্রফেসর বন্ধু আমার কাছে রেফার করে। মেয়েটি আমার বাড়িতেই থাকতো। দোতলা বাড়ি, তাই ও একতলায় থাকতো...বিশেষ তেমন অসুবিধা হত না। আমার নিত্য নতুন আঁকাআঁকি তে সাহায্য করতো সব মিলিয়ে ভালোই ছিল সব কিছু। অঘটন ঘটে দিন চারেক আগে। সাধারণত কোয়েল কলেজ করে ৪:০০ টে নাগাদ গ্যালারিতে আসতো এবং ১১:০০টা অব্দি থাকতো তারপর একসঙ্গে ফিরতাম। কিন্তু কয়েক দিন ধরেই দেখছিলাম যে কোয়েল খুব ঘন ঘন কামাই করছিল এবং কাজেও খামখেয়ালি করছিল। সেদিনকেও কাজে অমনোযোগী দেখে একটু ওর সমস্যার কথা জিজ্ঞেস করি। উত্তরে " কিছু না" শুনে ওকে বাড়ি ফিরে একটু রেস্ট নিতে বলি। রাতে বাড়ি ফিরে খবর পাই যে কোয়েল বাড়ি ফেরে নি। ভাবলাম হয়তো বন্ধুবান্ধবীদের সঙ্গে কোথাও গেছে, ফিরে আসবে। কিন্তু সকালে উঠে জানতে পারি তখনো ফেরেনি। ওর ঘরে গিয়ে দেখি সমস্ত জিনিসপত্র যেমন ছিল তেমনি আছে। ফোন,ম্যাসেজ কোনো কিছুরই রিপ্লাই না পেয়ে আমার কলেজের বন্ধুটিকে জিজ্ঞেস করলাম। তার উত্তর শুনে আরো ঘাবড়ে গেলাম, কারণ তার বক্তব্য যে কোয়েল গত ১ সপ্তাহ ধরে কলেজ কামাই করছে। ওর বন্ধুবান্ধবীদের কেও জেরা করলাম কিন্তু ওরাও কিছু জানে না। কোয়েলের বাড়ি দুর্গানগর। ওখানে গিয়ে জানতে পারি কোয়েল মুখার্জি বলে কেউ নাকি থাকতোই না। ঘটনা আরো বাজে মোড় নেয় যখন আমাদের বাড়িতে এক আগন্তুকের হুমকি ভরা চিঠি আসে, সঙ্গে কোয়েলের সাইন করা একটা আঁকা। চিঠিতে উল্লিখিত আছে যে কোয়েল কে আবার দেখতে চাইলে ৫০ লক্ষ টাকা নগদ দিতে হবে"।

*** *** ***

-"চিঠিতে আর কোনো কিছু বলা ছিল"? তরফদার বাবু জিজ্ঞেস করলেন।

-"না....ঐটুকুই ছিল"...বোধোদয় বাবু একটু আমতা আমতা করে উত্তর দিলেন। তরফদার এভিডেন্স গুলোর মধ্যে থেকে চিঠিটা তুলে মন দিয়ে পর্যবেক্ষণ করতে লাগলেন। খানিক পুঙ্খানুপুঙ্খ পর্যবেক্ষণের পর তরফদার

বাবু বললেন,

-" কোয়েলের ঘরটা দেখে আসা যায় কি"?

-"হ্যাঁ হ্যাঁ, নিশ্চয়ই....চলুন" বোধোদয় বাবু উত্তর দিলেন....

কলেজ স্ট্রিটের কাছেই অবস্থিত বোধোদয় বাবুর বাড়ি...পুরনো আমলের বাড়ি, ইংরেজ আমলেরই ধাঁচ। তবে অনেকটা রেনভেশন করানো, আর বেশ আর্টিস্টিকও বটে। দোতলা বাড়ির বাইরেটা সাদা রং এবং জানলার কাঁচগুলো রংবেরঙের, যেন কোনো চ্যাপেলের জানলা। বেল বাজাতেই গেট খুলে দিলেন এক অত্যন্ত সুন্দরী মহিলা।

-"আসুন...." বোধোদয় বাবু বললেন।

-"ইনি হলেন আমার স্ত্রী স্বর্ণময়ী। পেশায় ইন্টিরিয়র ডিজাইনার এবং ইঞ্জিনিয়ার",উনি বললেন।

-"উনি যে ইন্টিরিয়র ডিজাইনার এটা বাড়ির অন্দরমহল দেখলেই বোঝা যায়", ইন্সপেক্টর ঘোষ একটু হেসে বললেন।

বাড়ির অন্দরমহল বাইরের চেয়েও সুন্দর। চারদিকে সুন্দর সুন্দর পেন্টিং,ইলাস্ট্রেশন,স্কাল্পচার কত কিছু। প্রায় পৃথিবীর সমস্ত বিখ্যাত আর্টিস্টদেরই কোনো না কোনো ছোঁয়া লেগেছে এই দেয়াল গুলোয়। সুন্দর সাজানো ঘর, বিভিন্ন পর্সেলেন এবং মাটির মূর্তি, সঙ্গে দামি ফার্নিচার এবং কার্পেট।

-"চা,কফি কিছু.....", স্বর্ণময়ী মিহি গলায় জিজ্ঞেস করলেন।

-"কফিতে আপত্তি নেই!" ইন্সপেক্টর ঘোষ হালকা হেসে বললেন। তরফদার কেবল চারদিকটা চোখ বুলিয়ে নিয়ে বললেন -"কোয়েলের ঘরটা কোথায়"?

-"রান্নাঘরের পাশের দরজা দিয়ে ব্যালকনি পেরলেই কোয়েলের ঘর", স্বর্ণময়ী বললেন।

কোয়েলের ঘরটা বেশ অগোছালোই বটে। এদিক ওদিক আঁকিবুঁকির জিনিসপত্র ছড়িয়ে পড়ে আছে, মাঝে একটা আলনা... জামাকাপড়,জিনিস পত্র ইন্ট্যাক্ট রয়েছে।

-"ঘরটা একটু সার্চ করা যাক" তরফদার বললেন। বেশ খানিকক্ষণ সার্চ করার পরেও তেমন কিছু কাজের তথ্য বা কোয়েলের সম্পর্কে কোনো তথ্য পাওয়া গেল না। পাওয়া গেল তো কেবল একটা ছবি, সম্ভবত কোয়েলের।

-"এই নিন আপনাদের কফি", স্বর্ণময়ী হালকা হেসে বললেন।

তদন্ত করতে করতেই তরফদার এক দৃষ্টিতে ওনাকে দেখে জিজ্ঞেস করলেন,

-" আপনার ডান আঙুলে দাগটা...."

একটু থতমত খেয়ে হাতটা শাড়ির আঁচলের পিছনে নিয়ে একটু জোর করে আনা হাসি মুখে বললেন,

-"আসলে টাইট আংটি পড়ে ছিলাম বলে allergy হচ্ছিল তাই খুলে ফেলেছি, ওটারই দাগ"।

ঘোষ বাবু কফির কাপটা নেয়ার জন্য এগোতেই হটাত কি কারণে দেখলেন তার গোড়ালির কাছে মোজাটা কিসে যেন আটকে গেছে। তরফদার বাবুর ঐদিকে নজর যেতেই উনি বললেন,

-"আশ্চর্য!!" খালি চোখে যেটা সাধারণ বলে মনে হয়, ওনার চোখেই সেগুলোও 'আশ্চর্য'।

উনি আলনার ওই অংশটার দিকে ভালো করে তাকিয়ে দেখলেন। তারপর তার পকেট থেকে একটা ছোট্ট আতস কাঁচ বের করে দেখলেন যে একটা পেরেকের মাথাটা আলনার নিচের অংশে আটকে দিয়ে একটা হুকের মতন হয়ে গিয়ে ধারালো অংশটা বেরিয়ে এসেছে।

-"একটা সুতো যদি পাওয়া যেত"....বক্তব্য শেষ হওয়ার আগে আলনার মধ্যে রাখা সেলাইয়ের সিল্কের সুতোর রোলে চোখ পড়তেই ওটা নিয়ে কিছুটা সুতো বের করে পিনের বাঁকানো অংশে জড়িয়ে গায়ের জোড়ে এক টান দিতে আলনার নিচের অংশটা ড্রয়ারের মতন বেরিয়ে আসে। তাতে বিশেষ কিছু বলতে কয়েকটা থাম এবং একটা ছোট্ট তালা দেয়া বাক্স। থাম গুলো খুলতেই পাওয়া যায় কিছু চিঠি, আরো ভালো করে বললে প্রেম পত্র। তরফদার বাবুর চিঠিতে নজর পড়তেই বলেন,

-" হস্তলিপিটা কি খুব চেনা চেনা লাগছে?" চিঠিটা স্বর্ণময়ীর হাতে দিতেই তার চক্ষু চরোখ গাছ। শুধু বললেন,

-" অসম্ভব...."

*** *** ***

-"সত্যি বলছি আমি এসব লিখিনি"!! ভয়ে কাতর কন্ঠে বোধোদয় বাবু বললেন।

-"ইয়ার্কি হচ্ছে? আপনার বিরুদ্ধে তথ্য পাওয়া যাচ্ছে এবং হতেই পারে আপনি নিজের এই এক্সট্রা ম্যারাইটাল জীবন লোকাতে কোয়েলকে গায়েব করে দেন। শুনুন মশাই, আমার সার্চটিম দুর্গানগর চলে গেছে ওখানে গিয়ে যদি কোনো ক্লু আপনার বিরুদ্ধে আসে, আমরা কড়া ব্যবস্থা নেব", ইন্সপেক্টর ঘোষ গম্ভীর হয়ে বললেন। ইতি মধ্যে দুজন কনস্টেবল বোধোদয় বাবুর বন্ধু প্রফেসর নীলাভ্র রায়কে নিয়ে এসেছেন জেরা করতে। ভদ্রলোকটিকে দেখে মনে হয়

সবে ৪০ এর কোঠায় বয়স ঢুকেছে, ফর্সা,সুপুরুষালী গঠন এবং মাথায় ঝুটি বাঁধা। পরনে নীল জামা ও জিন্সের প্যান্ট।

-"প্রফেসর রায়....?" তরফদার বাবু গম্ভীর হয়ে বললেন।

-"আঃ, প্রফেসর তরফদার!! আপনিও এই কেসে আছেন দেখছি!!সেমিনারের পর এইভাবে দেখা হচ্ছে ।" রায় বাবু বললেন।

-"তা আছি বৈকি। তবে সেই আলোচনায় না গিয়ে এই কেস বিষয় আপনার অংশগ্রহণ সম্পর্কেও বলুন, একটু অবগত হই আমরা" তরফদার বললেন।

-"তাই বটে। আমার নাম নীলাভ্র রায়, চিত্তরঞ্জন এভিনিউ এর কাছে একটি ফ্ল্যাটে থাকি, মূল বাড়ি নদীয়া। বোধোদয়ের সঙ্গে পরিচয় আমাদের কলেজ জীবন থেকে, ইন ফ্যাক্ট আমরা খুবই ভালো বন্ধু ছিলাম। কোয়েল আমার কলেজেরই ছাত্রী , একদিন আমার কাছে এসে কান্নাকাটি করে জানায় যে তার একটা চাকরি এবং অর্থের খুব প্রয়োজন তাই আমি বোধদয়ের কাছে পাঠাই কারণ সেই সময় ও নিজের গ্যালারির জন্য লোক খুঁজছিল। কাজও বেশ ভালোই চলছিল। কিন্তু সপ্তাহ দুয়েক ধরে কোয়েল ভয়ঙ্কর রকমের ইয়েগুলার হয়ে যাওয়ায় খবর নিয়ে জানতে পারি যে....", নীলাভ্র একটা দীর্ঘশ্বাস ফেললেন।

-"যে"? তরফদার ভ্রু কুঁচকে জিজ্ঞেস করলেন

-"যে.... কোয়েল অন্তঃসত্বা....!" কথাটি শুনে ঘরে অবস্থিত সকলেই প্রায় চমকে উঠে।

-"কি!!তার মানে....তার মানে এতদিন...এতোগুলো দিন ধরে....ছিঃ!! " স্বর্ণময়ী কান্নায় ভিজে আসা স্বরে চিৎকার করে ওঠেন। বোধয় বাবু নিশ্চুপ হয়ে মাথা হেট করে দাঁড়িয়ে রইলেন।

-"আর কিছু বলার বাকি আছে? মিঃ চক্রবর্তী। আপনাকে বিবাহ বহির্ভূত সম্পর্ক এবং অপহরণের দায়ে আমরা আপনাকে গ্রেপ্তার করছি", ইন্সপেক্টর ঘোষ বললেন।

-"আ...আমি কিচ্ছু করিনি বিশ্বাস করুন....আমি কিচ্ছু..." বোধদয় বাবুর বক্তব্য শেষ হওয়ার আগেই ইন্সপেক্টর ঘোষের আদেশে দুজন কনস্টেবল তাকে ধরে নিয়ে যায়, সঙ্গে ইন্সপেক্টর ঘোষ ও প্রস্থান করেন।

-" ভালো বন্ধু ছিল আমার। কিন্তু স্বর্ণময়ীর মতন একটা সরল মেয়ের সঙ্গে এভাবে চিট করবে ভাবিনি", বললেন প্রফেসর রায়।

-"আমার সঙ্গে পরিচয় অনেক দিনের, আমার ডিজাইনিং এর কাজের জন্য প্রায়ই স্বর্ণময়ীর অফিসে যেতে হত। ওখানেই পরিচয়, যাকগে প্রফেসর

তরফদার, চলুন আপনাকে ড্রপ করে দি ", হালকা হেসে রায় বাবু বললেন।
-"ধন্যবাদ।" তরফদার ওনাকে উত্তর দিয়ে স্বর্ণময়ীকে বললেন," আপনি কি এখন সুস্থ অবস্থায় আছেন"?
-" হুম্ম" চোখের জল মুছে স্বর্ণময়ী বললেন," আপনারা দয়া করে আসতে পারেন"।

*** *** ***

ঘড়িতে রাত ১২:৩০,
বাগবাজার সম্মেলনী ঘেঁষা এক অন্ধকার গলিতে...
-"হুম্ম, কাজ হয়ে গেছে। এই নাও তোমার বরাদ্দ যা পাওয়ার ছিল।"...একটি নারী কন্ঠ বলল।
-"এই টুকুতে আর কি কিছু হয়!! এত কথা জেনে ফেলেছি, তোমাদের খেলার পুরো বিষয়টাই তো আমার জানা হয় গেছে। ডবল নেব। নাহলে পুলিশের কাছে সব খবর চলে যাবে। আর তোমার খেলা শেষ"...
-" সত্যি বেশি জেনে গেছ!! আর রিস্ক নেয়া উচিত নয়" এইটুকু বলেই সে বন্দুক বের করে এবং সঙ্গে সঙ্গে একটি কান ফাটা গুলির শব্দ.....সঙ্গে আরেকটি নারীর আর্ত চিৎকার।
-"খেলাটা ভালোই খেলেছেন মিসেস চক্রবর্তী..."
আহত হয়ে পড়ে যাওয়া মহিলাটি ঐদিকে ঘুরতেই পোস্টের আলো জ্বলে ওঠে এবং
-" প্রফেসর তরফদার !!" গলার স্বরে ভয় এবং হতভম্ব ভাব স্পষ্ট।
এই সুযোগ নিয়ে আরেক ব্যক্তি পালাতে গেলেই
- "কোথায় উড়ে চললেন কোয়েল ম্যাডাম"? গলির আরেকদিক থেকে বন্দুক উঁচিয়ে ইন্সপেক্টর ঘোষ বেরিয়ে এলেন। সঙ্গে দুই কনস্টেবলের কব্জায় প্রফেসর রায়, হাতে হাতকড়া।
-"কেন?", তরফদার বাবুর পেছন থেকে বেরিয়ে এলেন বোধোদয় বাবু। তার চোখ রক্তবর্ণ।
-"আমি বলছি..." শুধলেন প্রফেসর তন্ময় তরফদার।

*** *** ***

" চিঠি গুলি পেয়েই আমার ভারী আশ্চর্য লাগে, তাই আপনার বাড়ির তুলকালাম ঘটনার পর আমি ইন্সপেক্টর ঘোষের সঙ্গে চিঠি গুলি আরেকবার পর্যবেক্ষণ করি এবং আপনার জমা দেয়া এফ.আই.আর এর লেখার সঙ্গে কম্পেয়ার করি। খালি চোখে সবটা একই লাগলেও সূক্ষ্ম ফারাক বেশ বোঝা

যায় ভাষার ব্যবহারে। রাঢ় বাংলার কথ্য উপভাষার মূলত ২-৩ টি লেখ্য ডায়ালেক্ট আছে। আপনি বলেছিলেন যে আপনি উত্তর কলকাতার, তাই আপনার লেখাতেও কলকেতেও লেখ্য দর্শনীয় যা আপনার এফ.আই.আর এ আমরা পেয়েছি, কিন্তু যে চিঠি গুলি আমরা পেয়েছিলাম সেগুলির ব্যবহৃত ভাষা কলকেতেও রাঢ়ি নয়, সেগুলি মধ্য রাঢ়। মূলত নদীয়া সংলগ্ন কিছু অঞ্চলে পাবেন, এবং আপনার বন্ধু নীলাভ্র রায় এই মধ্য রাঢ় অঞ্চলের মানুষ। এবং হস্ত লিপি বিশারদ। অতএব, আপনার হাতের লেখা জাল করার ওনার চেয়ে পটু লোক হয় কি? তার উপর উনি আপনার কলেজ আমলের বন্ধু"। তরফদার বললেন।

-"কিন্তু...কিন্তু কেন? ওর কি ক্ষতি আমি করেছি?" , বোধোদয় বাবু কাতর কণ্ঠে জিজ্ঞেস করলেন।

-" বড়ই ক্ষতি করেছিলেন যে, আপনি। আপনার এই বন্ধুটির আপনার উপর সবসময়ই রাগ ছিল কারণ তার বিশ্বাস ছিল সে আপনার চেয়ে বেশি সুযোগ্য এবং আপনি টাকার বলে কলেজে প্রায় রাজত্ব করতেন। তাছাড়া আপনার স্ত্রী স্বর্ণময়ী দেবীর প্রতিও ওনার একটা পছন্দ পছন্দ ভাব ছিল, তারপর আমরা নিজের চোখেই দেখলাম যে আপনার স্ত্রী আপনার প্রতি উদাসীন। এই ব্যাপারটা ওনারও চোখে পড়ে, আর ওনার তো নিত্যদিন আপনার স্ত্রীয়ের অফিসে যাওয়া আসা ছিলই, ব্যাস আপনার স্ত্রী আর ওনার মধ্যে একটা বন্ধুত্ব তৈরি হয়, ধীরে ধীরে যা একটি সম্পর্কের রূপ নেয়।আর আপনার স্ত্রীও ধোয়া তুলসীপাতা ছিলেন না মিঃ চক্রবর্তী, ওনার নজর সর্বদাই আপনার মোটা ব্যাংক ব্যালেন্সের দিকে ছিল। পুলিশি জেরায় তা প্রমাণিত হয়েছে। আমার সন্দেহ আরো বাড়লো রায় বাবুর বক্তব্যের ভাব প্রকাশ দেখে। এবং ঐ ড্রয়ারটা....ওটা পুলিশের চোখে ধুলো দেয়ার জন্য বানানো, কারণ একটা আর্টিস্ট যতই আর্টিস্টিক হোক, ইন্টিরিয়র এবং এই মামঝোপের জ্ঞান একজন ইঞ্জিনিয়ারের সর্বদাই এক কাঠি এগিয়ে। এবং যখন নজরটা বড় ব্যাংক ব্যালেন্সের দিকে ব্যালেন্স করা থাকে।সবটা অবশ্য আমি ইন্সপেক্টর ঘোষকে বলে, আপনার স্ত্রী এবং বন্ধুর উপর টিকটিকি ছেড়ে রেখেছিলাম। এবং কোম্পানি থেকে ফোন রেকর্ড চেক করে আমরা প্রফেসর রায়কে জেরা করাই। বেচারি থার্ড ডিগ্রি নাম শুনেই সব উগড়ে দেন....

ও হ্যাঁ আর পড়ে রইল 'কোয়েল' পাখি। তিনি আপনার স্ত্রীয়ের ভাড়া করা অভিনেত্রী। আর্ট কলেজে গিয়ে প্রিন্সিপালের সঙ্গে কথা বলে এই ভাঁওতাবাজির জালটা বুঝতে পারি। শুরু থেকে শেষ পর্যন্ত সবটাই একটা চক্রান্তের চক্রবুহে

থেকেছেন মিঃ চক্র-বর্তী। আপাতত তিন জনই পুলিশি হেফাজতে"
-" ছিঃ!! এরকম বিশ্বাসঘাতক বন্ধুর চেয়ে শত্রু থাকা শ্রেয়। আমার কিছু বলার নেই....ধন্যবাদ..." কান্নায় ভিজে আসা গলায় বললেন বোধোদয় বাবু।
-"আশা করি এরপর আপনার বোধের উদয় হবে মিঃ চক্রবর্তী এবং মানুষকে অন্ধের মতো বিশ্বাস করবেন না। চলি, নমস্কার...." এই বলে তন্ময় তরফদার এই বারের মতন বিদায় জানালেন।

7

প্রজাপতি

১

সান্যালের সমাপ্তি

***

সান্যাল বাবু মদের গ্লাসটা টেবিলে রেখে একটা দীর্ঘশ্বাস ফেললেন, বারের ভেতর হালকা অপেরা গান বাজছে, আজ ২৫এ ডিসেম্বর...বড়দিন। লোকে আনন্দ ফুর্তি করতে আজকের দিনে মদ খায়, কিন্তু সান্যাল বাবুর মুখে খুশির বিন্দুমাত্র নেই বরং একটা ফাঁকা রংহীন ধন্ধ। তিনি ফাঁকা গ্লাসটা আবার হাতে তুলে তাতে তার বিকৃত প্রতিচ্ছবির দিকে কিছুক্ষণ তাকিয়ে থাকার পর হঠাৎ কিছুটা হেঁসে উঠলেন... সে এক বিকট কান্না মেশানো হাসি, কিন্তু আশেপাশের লোকজন যেন তাকে লক্ষ্যই করছে না, সে যেন এক অদৃশ্য অশরীরী। তিনি যে কেন হাসছেন...নাকি কাঁদছেন, সেটা তারও মনে নেই। শুধু মনে আছে এখন তার কোথাও থাকা দরকার কিন্তু সে এই বারে মদ্যপানে ডুবে রয়েছে...কিন্তু কোথায়? তার কোথায় থাকার কথা? নাঃ... তার কিছুতেই মনে পড়ছে না, বাড়ি? তার বাড়ি কোথায়? পরিবার...তার পরিবার কারা? সবটা যেন ঘন কুয়াশার চাদরের আড়াল থেকে উঁকি দিচ্ছে কিন্তু সামনে আসছে না, তার চোখের সামনের দৃশ্যটাও কেমন যেন ঝাপসা হয়ে যাচ্ছে ক্ষণে ক্ষণে। কেবল একটা অসম্ভব একাকীত্ব তাকে ভেতর থেকে খেয়ে চলেছে। হাসতে হাসতে হটাত তার চোখ থেকে জল গড়িয়ে পড়ল তার হাতে, তারপরেই একটা অদ্ভুত নিস্তব্ধতা তার চারপাশটা ঘিরে ফেললো।

"বাবা...বাবা..."

একটা আবছা ভাঙা আওয়াজ শুধু তার কানে আসতে লাগলো কিন্তু তার কাছ থেকে কোনো সারা পাওয়া গেল না, শুধু তার চোখ থেকে অবিরত জল গড়িয়ে পড়তে লাগলো।

ঘন্টা খানেক পর সান্যাল বাবু ফুটপাত ধরে টলতে টলতে পার্কস্ট্রিট মেট্রো স্টেশনের দিকে এগিয়ে যেতে লাগলেন। অতিমাত্রায় মাদক পানের কারণে তার দৃশ্য প্রায় পুরোটাই ঝাপসা, পায়ের ধাপ এলোমেলো, শ্রবণ ক্ষমতাও কমে এসেছে তবু নিজের শরীরটাকে টানতে টানতে এগিয়ে চললেন। কিছুক্ষণ হাটতে হাটতে হটাত তার চোখের সামনে দিয়ে একটা প্রজাপতিকে উড়ে বেড়াতে দেখলেন আর একটা অস্বস্তিকর নিস্তব্ধতা ভেদ করে সেই ভাঙা আওয়াজ...

"বাবা...বাবা..."

তিনি চোখ কুঁচকে দেখলেন যে তার সমস্ত ঝাপসা দৃশ্য ছাড়িয়ে যেন প্রজাপতিটা পরিষ্কার...আর যেন সেই আওয়াজের দিকেই এগিয়ে চলেছে এই প্রজাপতিটা। তিনিও নিজের অজ্ঞানে এই প্রজাপতির পিছনেই হাঁটা লাগলেন...তার চোখের সামনে যেন আর কিছুই নেই শুধু একটি প্রজাপতি আর তার কানে কোনো আওয়াজ নেই শুধু সেই ভাঙা বিকৃত আবছা 'বাবা' ডাক ছাড়া, তার এখন না আছে সময়ের জ্ঞান না আছে পরিস্থিতির হুশ...তার সমস্ত অস্তিত্ব যেন সেই প্রজাপতির গন্তব্যে অপেক্ষা করে আছে। তার চারদিকে যেন একটা কালো অন্তহীন অন্ধকার নিজের মুঠোয় মুড়ে রেখেছে, সময় যেন জলের মতন বয়ে চলেছে আর তিনি চলেছেন এই প্রজাপতির পিছনে...হটাত যেন একটা তীব্র চোখ ধাঁধানো সাদা আলো এই অন্ধকারের বুক চিরে তার দিকে ধেয়ে আসতে শুরু করলো, তিনি লক্ষ করলেন প্রজাপতিটাও উধাও, তিনি রাস্তার মাঝে আর তার সেই তীব্র আলোটা তার দিকে ছুটে আসা একটা বাসের...কিন্তু তার মুখে ভয় নেই, বরং একটা অদ্ভুত শান্তির হাসি, আর কয়েক মুহূর্তের মধ্যে সবটা যেন এই সাদা আলোয় বিলীন হয়ে গেল...

***

২

ধন্ধ

***

"বাবা...বাবা..."

ডাকটার যেন ক্রমশ জোর বেড়ে চলেছে, যেন দূর থেকে খুব কাছে চলে

আসছে...তার শরীরটা কেমন যেন ঠাণ্ডা, কিন্তু এই ডাকের পরেই যেন তার বুকের ভেতরটা আস্তে আস্তে গরম হয়ে যাচ্ছে...একটা অদ্ভুত আনন্দ মাখা উষ্ণতা তার হৃদয় জুড়ে তোলপাড় করছে। সান্যাল বাবু চোখ খুলতেই দেখেন সেই অন্ধ করা সাদা আলোটা যেন ক্রমশ ফিকে হয়ে আসছে, তার হাতে খবরের কাগজ আর তাকে জড়িয়ে ধরে রয়েছে একটা বাচ্চা মেয়ে...

"বাবা ওঠো...ছাদে যাবেনা আমার সাথে?"

সে হালকা হেসে মেয়েটিকে কোলে তুলে নিয়ে জড়িয়ে ধরলো...মেয়েটি তার মেয়ে, প্রজাপতি। হটাত দরজায় ঠক ঠক আওয়াজ শুনে সে উপরে তাকিয়ে দেখেন তার স্ত্রী দাঁড়িয়ে তাদের দেখে হাসছে, তিনিও উঠে গিয়ে তার স্ত্রীকেও চেপে জড়িয়ে ধরলেন এমন ভাবে যেন আর কোনোদিন সেই সুযোগ তার কাছে থাকবে না।

"এবার মেয়েটাকে নিয়ে একটু ছাদ থেকে ঘুরে এসো, তবে সাবধানে সদ্য কাজ হয়েছে নেড়া ছাদ"

সে হেসে তার স্ত্রীয়ের কপালে চুমু খেয়ে তার মেয়েকে নিয়ে ছাদে উঠে এলেন। যাওয়ার সময় দেখলেন দেয়ালে দুটো ফ্রেম কিন্তু রোদ পরে সেটা ঠিক মতন দেখা যাচ্ছে না।

শীতের সকাল, তাই রোদ পোহাতে ভালোই লাগছিল। খানিকক্ষণ ছাদে ঘোড়ার পর তার মেয়ে হটাত জিজ্ঞেস করে উঠলো,

"আচ্ছা বাবা...মানুষ মারা গেলে কোথায় যায়?"

সান্যাল বাবু তার মেয়ের দিকে ভ্রু কুঁচকে কিছুক্ষণ তাকিয়ে তারপর ভেবে বললেন,

"তারা প্রজাপতি হয়ে যায় মা...তারা তাদের সুন্দর ডানা মেলে তাদের ভালোবাসার মানুষটার কাছে উড়ে বেড়ায়.." তার মেয়ে এই কথাটা শুনে উৎফুল্ল হয়ে বলে উঠলো,

"তাহলে একদিন আমিও প্রজাপতি হয়ে উড়ে যাব?" এই কথাটা শুনে সান্যাল বাবু ভয় বিস্মিত হয়ে তার মেয়েকে চেপে জড়িয়ে ধরে বললেন ,

"আমি থাকতে তোমায় প্রজাপতি হতে দেব না মা..." কিন্তু কিছুক্ষণ পরেই যেন তার বুকের ভেতরটা কেমন ফাঁকা হয়ে গেল, তিনি দেখলেন তার কাছে আর তার মেয়ে নেই...

"মা...মা তুই কোথায়...মা..." তিনি মুহূর্তে পাগলের মতো চিৎকার করতে করতে এদিক দেখতে শুরু করলেন কিন্তু কোনো সাড়া পেলেন না...এভাবে কিছুক্ষণ কাটার পর তিনি নিচে ঘরে আসতে যাবেন হটাত তার চোখে

পড়লো একটা প্রজাপতি...খুব চেনা প্রজাপতি, কিন্তু কোথায় দেখেছেন এই প্রজাপতিটাকে? কেমন যেন অন্তরঙ্গ অনুভূতি, সবটা কেমন যেন ঘোলাটে হয়ে এই প্রজাপতিটার চারপাশে, স্বপ্ন আর বাস্তবের মাঝের ...তিনি এগিয়ে গিয়ে প্রজাপতিটা ধরবার চেষ্টা করতেই কে যেন পিছন থেকে টান মেরে তাকে ফেলে দিলেন মেঝেতে। জ্ঞান ফিরতেই দেখেন তার মা তার দিকে বিস্মিত হয়ে তাকিয়ে আছে,

"মা...আ...আ...আমার মেয়ে...এইতো এখানে ছিল...আমার কাছে ছিল..."

"জেগে ওঠ বাবু, ওরা মারা গেছে দু মাস হতে চলল... রোজ রোজ নেশা করে তোর এই পাগলামি গুলো আমি আর নিতে পারছি না...ওদের সাথে আমাকেও একটু শান্তি দে... নিচে চল..."

সান্যাল বাবুর নিঃশ্বাস বেড়ে গেল, তবু যেন কেমন দম বন্ধ হয়ে আসছে তার এই কথাগুলো শুনে।

"আমি মানি না, ওরা বেঁচে আছে... এই তো আমার সঙ্গে খেলছিল আমার মেয়ে, আমার বউ নিচে ঘরে রান্না করছে...তুমি মিথ্যা কথা বলছো ওরা সবাই বেঁচে আছে... কেউ মরেনি..." সান্যাল বাবুর গলা ভেঙে একটা বুক ফাটা কান্না বেরিয়ে এলো।

"বিশ্বাস হচ্ছে না? আমি মিথ্যা কথা বলছি? আয় তাহলে, নিচে নেমে এসে দেখে যা তোর বউ রান্না করছে...দেখে যা তোর মেয়ে খেলা করছে, নাহলে আমাকেও ওদের কাছে পাঠিয়ে শান্তি দে। আমি আর পারছি না... আমায় শান্তি দে..." তার মা একটা ভেঁজা গলায় চিৎকার করে উঠলেন। এরপরেই তার মা তাকে হাত ধরে টেনে নিচে নামিয়ে এনে ঘরে ঢুকিয়ে চোখে আঙুল দিয়ে দেখালো দেয়ালে টাঙানো দুটো ফ্রেম, তার স্ত্রী ও মেয়ের...

মুহূর্তে তিনি যেন মূর্তির মতো প্রাণহীন হয়ে দাঁড়িয়ে গেলেন।

"দেখ, ভালো করে দেখ ছবি দুটো...ওরা আর নেই...কেউ নেই, তুই একা..."

অবিশ্বাসে দুপা পিছিয়ে আসতে টেবিলে হাত লেগে কি যেন একটা পরে তীব্র কাঁচ ভাঙার আওয়াজে তার হুশ ফিরে সে পিছন ফিরতেই ভয় মাটিতে বসে পড়েন...কারণ বাইরেটা আর দিন নেই, শীতের ঠাণ্ডা প্রাণহীন অন্ধকারাচ্ছন্ন রাত, তার বাড়িতেও যেন আর জীবন নেই...কোনো আওয়াজ নেই কোনো মানুষ নেই শুধু চারদিকে নিস্তব্ধতা, নিঃসঙ্গতা, একাকীত্বের ছায়া। ঘর জুড়ে ফাঁকা মদের বোতল গড়াগড়ি খাচ্ছে আর তার মাঝে তিনি বসে আছেন। তিনি পিছন ফিরে বলতে গেলেন,

"মা...এসব কি?...ম..." তার কথা কেটে গেল, তার সামনে কেউ নেই...এই

মুহূর্তেই তো একটা মানুষ দাঁড়িয়েছিল, মানুষটা আর নেই শুধু দেয়ালে আরেকটা ফ্রেম ঝুলছে...
সান্যাল বাবু কপালে হাত দিয়ে নিশ্চুপ হয়ে ফ্রেমগুলোর দিকে তাকিয়ে রইলেন...

***

৩

স্বপ্ন

***

ঘণ্টার পর ঘণ্টা প্রাণহীন মূর্তির মতন মাথায় হাত দিয়ে বসে থাকার পর সান্যাল বাবু উঠে বেসিনে গিয়ে চোখে মুখে জলের ঝাপটা দিয়ে এসে চেয়ারে বসে গা ছেড়ে দিয়ে একটা দীর্ঘশ্বাস ফেললেন। তার হুশ ফিরছে, ভাবনা সংযত হচ্ছে না তবুও আবছা আবছা মনে পড়ছে...আজ থেকে একমাস আগে গাড়ি দুর্ঘটনায় তার মা, মেয়ে, স্ত্রী তিন জনেই মারা যায়, তিনিই একমাত্র বেঁচে ফিরেছেন। তার বাবা পরিবার ছেড়ে চলে যায় সান্যাল তখন ছোট, তারপর মাকে জড়িয়েই তার সমস্ত পৃথিবী...তারপর তার বিয়ে হয় একটা ছোট্ট মিষ্টি মেয়ে হয় তার পরিবার বড় হয়, আরো উজ্জ্বল হয়। তার এখনো মনে পড়ে যে তার মেয়ের জন্মের সময় কতটা উচ্ছসিত ছিল যে সে বাবা হতে চলেছে।
"আমি কোনদিন কাউকে বাবা বলে ডাকতে পারিনি, অন্তত আমার মেয়েটার কাছে আমি সবসময় থাকবো, আগলে রাখবো...ভালো বাবা হয়ে দেখাবো..." সে নিজেকে কথা দিয়েছিল। কিন্তু সেই দুর্ঘটনা আবার তার সবকিছু কেড়ে নেয়, তার জীবনটাকে নিঃস্ব করে ছেড়ে দেয়।
এই সবই ভাবতে ভাবতে সান্যাল বাবু গ্লাসে খানিকটা মদ ঢেলে এক ঢোকে সবটা গিলে ফেলেন, তারপর সেই গ্লাসে নিজের বিকৃত প্রতিচ্ছবির দিকে ফাঁকা দৃষ্টিতে তাকিয়ে গ্লাসটা কপালে ঠেকিয়ে চোখ বন্ধ করে কান্নায় ভেঙে পড়েন। হটাত একটা ঠাণ্ডা হাতের লম্বা সরু আঙ্গুল তার কাঁধটা শক্ত করে চেপে ধরে আস্তে করে তার কানের কাছে এসে বলে...
"আপনার সময় শেষ হয়ে এসেছে..."
সান্যাল বাবু চোখ খুলে দেখেন তিনি আবার সেই বারের সেই সিটে সেই গ্লাসটা ধরেই বসে আছেন, শুধু তার চারদিকের লোকেরা যেন কেমন করুন দৃষ্টিতে তার দিকেই তাকিয়ে আছে।
"...বটে..." সান্যাল বাবু একটু হেসে বললেন, খানিকক্ষণ পর একটা দীর্ঘশ্বাস

ফেলে উঠে বেরিয়ে পড়লেন টলতে টলতে হাতে একটা মদের বোতল নিয়ে আবার সেই একই পথে, তবে আশ্চর্যজনক ভাবে এবার রাস্তায় আর সেই চেনা প্রজাপতিটা নেই...সান্যাল বাবু ঢক ঢক করে কয়েক চুমুক মদ গিলে এগিয়ে চললেন সেই রাস্তার দিকে। কিছুটা এগোতেই দেখেন সামনে কিছু লোক ভিড় করে আছে, এত গভীর শীতের রাত তাই রাস্তায় বিশেষ লোক নেই, কিছুটা এগোতেই দেখেন একটা ট্রাকের সাথে একটা গাড়ির ধাক্কা লেগেছে...সে টলতে টলতে সেই গাড়িটার কাছে গিয়ে দাঁড়াতেই তার হাত থেকে মদের বোতলটা মাটিতে পরে ভেঙে গাঢ় লাল তরল গড়িয়ে যায় তার পায়ের কাছে। তিনি স্থির দৃষ্টিতে সামনে তাকিয়ে থাকেন...এক মিনিট...দু মিনিট...রাত ঘনাচ্ছে আর চারদিকটা কেমন কুয়াশার চাদরে মুড়ে যাচ্ছে, তার দৃষ্টি কমে যাচ্ছে যেন চোখের পাতা দুটোর উপর কেমন ভারী শান্তির ঘুম ঘনিয়ে আসছে...তার পলক পড়তেই খুলে দেখেন এবার আর তিনি গাড়িটা বাইরে থেকে দেখছেন না। তিনি গাড়ির ভেতরে চালকের আসনে...তার পায়ের কাছে গাঢ় লাল তরল জমে এসেছে, তবে মদ নয়...রক্ত...পাশে তার স্ত্রীয়ের দেহ আর ভাঙা গাড়িটার পিছনে তার মা আর মেয়ের...তার জ্ঞান ও যেন এই বাইরের ঘন কুয়াশার চাদরে হারিয়ে যাচ্ছে আস্তে আস্তে, হটাত করে এই ফ্যাকাসে কুয়াশা ভেদ করে সেই প্রজাপতিটা ডানা ঝাপটিয়ে এসে তার সামনে বসলো আর তার সাথেই এই ঘন অন্তহীন কুয়াশা সবটা গিলে নীল...

৪

রহস্য মূর্তি

*** *** ***

দিনটা ছিল ১৪ই ডিসেম্বর, স্কুলের সবে পরীক্ষা শেষ হয়েছে। একঝাঁক ব্যস্ত বাড়ি ফিরতে,আবার কয়েকজন মাঠে ফুটবলে মজে আছে। ডেভিড ও তার বন্ধুরা পরীক্ষা শেষ করে জমিয়ে ফুটবল খেলে সবাই তখন বাড়ির দিকে অগ্রসরমান।ডেভিড সবসময় স্কুলের পিছনের গেট দিয়ে বেরোয়, ওর বাড়ির শর্ট কাট। সেখানে এখন বাড়ি তৈরি হওয়ার কাজ চলায় বেশ দুর্গম রাস্তা হয়ে গেছে ওটা।ডেভিড রাস্তা টপকাতে গিয়ে সজোরে একটা গর্তে পরে গেল। ওটায় কিছু ভাঙাচোরা টালি আর মার্বেল। ডেভিড খুব কষ্টে উঠে বসলো।সে দেখল চারপাশটা অন্য দিনের চেয়ে বেশী নির্জন আর চুপচাপ হয় রয়েছে, সে কোন পেতে শুনল যে একটা অদ্ভুত আওয়াজ যেন তার পিছন করছে, "না,এটা আমার মনের ভুল নয়" সে নিজেকে বলল। "তবে এত ফাঁকা জায়গায়......."

সে দেখল তালি মার্বেলের মাঝে একজোড়া সবুজাভ চোখ জ্বল জ্বল করছে। ডেভিড তালি মার্বেল সরিয়ে দেখল।ওটা একটা স্বর্ণালী মূর্তি।

ডেভিড কৌতূহলের বসে মূর্তি টা তুলে ব্যাগে পুড়ে নিলো আর লক্ষ করলো আওয়াজ টা ওই মূর্তি টার থেকেই বেরোচ্ছে।তারপর.............

*** *** ***

(দ্বিতীয় পর্ব)

*** *** ***

...সে মূর্তি টা তাড়াতাড়ি ব্যাগে পুরে নিলো আর বাড়ির দিকে রওনা দিল।

"মা, দেখ এই মূর্তি টা পেয়েছি।" ডেভিড তার মাকে বলল। মা মূর্তিটা ভালো করে নেড়ে ঘেঁটে তাকে ফেরত দিয়ে বলল " বাঃ, ভারী সুন্দর"। ডেভিড তাড়াতাড়ি স্নান খাওয়া সেরে বেরিয়ে পড়ল তার সাইকেল নিয়ে তার প্রিয় মাস্টার মশাই রবিনের কাছে। রবিন হল ডেভিডের দাদার বয়সী, মোটামুটি ২৬-২৭ বয়সী এক জ্ঞানী ছেলে। পড়া শেষ হওয়ার পর ডেভিড তাকে মূর্তি টা দেখাল, সে মূর্তি টাকে খানিক পর্যবেবেক্ষন করার পর বলল," এটা প্রাচীন মিসরের মূর্তি। এর গায়ে আঁকা হাইরোগ্লিফিক সংকেত দিয়ে বোঝা যায়"........এটা শুনে ডেভিড খানিক হোক চলিয়া গিয়ে সাথে সাথে নিজেকে সামলে নিয়ে বলল"মানে??মিসরের মূর্তি....এখানে কি করে......"।সে দিনের মতন ক্লাস শেষে ডেভিড বাড়ি ফিরল, তাকে বেশ চিন্তিতই দেখাচ্ছিল। যদিও বাড়িতে সবাই তার এই মূর্তি আবিষ্কার নিয়ে এতটা উৎফুল্ল ছিল যে তার বড় মেসো যে খবরের চ্যানেলে কাজ করে সেখান থেকে লোক ডেকে নিয়ে এসে ডেভিডের ইন্টার্ভিউ নিয়ে নিলো। তারপর যা হয়, পরদিন খবরের কাগজে রিতিমতন "David and the mysterious idol" হেড লাইনে খবর প্রকাশ পেল।এতো হৈ-হুল্লোড়ের মাঝে কেউ কল্পনাও করতে পারেনি যে কি ভয়ঙ্কর বিপদের মেঘ তাদের উপর ঘনিয়ে আসছে।

এক সপ্তাহ কেটে গেছে। জীবন চলছে নিজের মতন। চারদিকে ডেভিডের সুনাম ছড়িয়েছে।

সেদিনটা শুরু থেকেই মেঘলা ছিল। স্কুলে স্পোর্টসের অনুষ্ঠান তাই ডেভিড সাইকেল করে রওনা দিল।যেতে যেতে মাঝপথে..... "না....এটা আমার ভুল নয়।" সে মনে মনে বলল কারণ সে অনেকক্ষন ধরে লক্ষ করছিল যে একটা কালো গাড়ি তার পিছু নিয়েছে। সে একটু ভয় পেলেও নিজেকে সামলে নিয়ে যতটা সম্ভব ওদের চোখ এড়িয়ে অলিগলি দিয়ে বেরিয়ে স্কুলের মুখে যাওয়ার সময় দেখে গাড়িটা বড় রাস্তা ধরে সম্পূর্ণ গতিতে তার দিকে এগিয়ে আসছে। সেই মুহূর্তে পালানো তার পক্ষে অসম্ভব । তবু একটা শেষ চেষ্টা....সে সাইকেল নিয়ে স্কুলের গেটের প্রায় সামনে ঠিক সেই সময় সে সাইকেলের উপর ভর দিয়ে মারলো একটা লাফ। সে ভোল্ট খেয়ে পড়লো স্কুলের গেটের সামনে, তার শরীর অসহ্য যন্ত্র নয় ছিঁড়ে যাচ্ছে....তবু কষ্টে সে চোখ তুলে দেখল গাড়িটি তার সাইকেলকে দুমড়ে দিয়ে বেরিয়ে গেল।তার চোখ বন্ধ হয় আসছে, সে দেখল গাড়িটি ঘুরে একটু দূরে গিয়ে থামল । ডেভিড আবছা আবছা দেখতে পেলো যে গাড়িটার সামনে একটা সাপের ছবি দেয়া আর গাড়ি থেকে কিছু লোক নামলো তার সাথে সাথে ডেভিড চোখ

বুজল, এরপর.....

*** ***

(তৃতীয় পর্ব)

*** ***

...বাইরে মেঘ কেটে গেছে, বেশ রোদ উঠেছে।

"Aerobatic ক্লাস গুলো কাজে দিয়েছে। অন্তত বেঁচে তো আছি।" ডেভিড হাসপাতালের জানালা দিয়ে বাইরে তাকিয়ে বলল। তার পরিবারের লোকেরা এখন খুব আতঙ্কিত হয়ে রয়েছে,ওর মা তো কান্নায় ভেঙ্গে পড়েছে। ডেভিডের অবশ্য ভয় ডর তেমন নেই।একজন পুলিশ কর্মী তার সাথে দেখা করতে এলো...."আসুন অর্ণব বাবু.." উর্দিধারী বেশ হকচকিয়েই গেল। ডেভিড তাকে দেখে বলল "আপনার ব্যাচটাতে আপনার নাম স্পষ্ট করে লেখা আছে।" সেদিন সৌভাগ্যবশত অর্ণব বাবুর ডিউটি স্কুলের কাছাকাছি থাকায় তিনিই ডেভিড কে বাঁচিয়ে হাসপাতালে নিয়ে যান।"কেমন আছো বাবু এখন??" ডেভিড শান্ত।ভাবে নিজের প্লাস্টার করা হাত টা তুলে দেখাল।"হুম্ম বুঝলাম....আচ্ছা যেটা বলতে এলাম...যারা তোমার উপর হামলা করেছিল তাদের কে সারা পৃথিবী Black Cobra নামে চেনে"।ডেভিড চমকে উঠে বলল "নাম টা শোনা শোনা লাগছে..."। উর্দিধারী তাকে জানালো এরা সেই গ্যাং যারা কয়েক মাস আগেই মিশর থেকে ভারতে মূর্তি পাচার করার চেষ্টা করে কিন্তু পুলিশ তাদের প্ল্যান ভেস্তে দেয়।সেই দিনি ডিসচার্জ পেয়ে বাড়ি এসে সে ছুট লাগায় রবিনের বাড়িতে। " দাদা তোমার কাছে যে মিশরের encyclopedia টা আছে ওটা দাও না", বইটা নিয়ে সে বাড়ি এসে সেটাকে নিয়ে যারা ঘাটা করতে লাগলো। "এইতো...পেয়েছি...হুবহু এক...কি লেখা বেশ...মূর্শকহিল্লা..." সে দেখল তার খুঁজে পাওয়া মূর্তিটারই ছবি। "...উম্ম ১৫০০ বছর আগের...ও এর গায়ের হাইরোগ্লিফিকের মানেটা হল..."

তার রক্ত জল হয় গেল। "সে ফিরে আসবে, তার প্রাপ্য নিয়ে যাবে সেদিন পৃথিবী তে প্রলয় হবে...সব শেষ হয় এক নতুনত্বের সৃষ্টি করতে সে আসবে"...ডেভিড মনে মনে বলল "কে আসবে??"...সে রাতে আর তার ঘুম হল না। তার মনে একটাই প্রশ্ন:

"কে আসবে.....!!??"

*** ***

(চতুর্থ পর্ব)

*** *** ***

...পরদিন সকালে সে রবিনের কাছে গিয়ে সবটা খোলসা করে বলল। "নামটা আমারও শোনা শোনা লাগছে...একটু ভাবার সময় দাও পরে এসো", রবিন বলল। সেদিন স্কুলে ফাইনাল স্পোর্টস মিট ছিল, তাই ডেভিড স্কুলে চলে গেল সে এখন সবসময় ওই মূর্তি খানা আগলে রাখছে। সব ছাত্রছাত্রীরা যখন মাঠে যাচ্ছে তখন সে চুপি চুপি ক্লাসে ঢুকে পড়ে কারণ তার সেই মুহূর্তে মূর্তিটা নিয়ে নাড়া ঘাটা করা দরকার । সে মূর্তিটা একটু নাড়া ছাড়া করে দেখে যে মূর্তিটার তলা থেকে ঢাকনার মতন কিছু একটা খুলে গেল,সে দেখল যে ওখানে হাইরোগ্লিফিক চিহ্ন রয়েছে যেগুলি মূর্তির পিঠে ঠিক একইভাবে খনন করা, শুধু একটু উল্টেপাল্টে । সে দেখল তলার লিপির অক্ষর গুলো গুটির মতন সরানো যাচ্ছে...তাই সে ওগুলোকে হুবহু পিঠের হাইরোগ্লিফিকটার মতন সাজিয়ে ফেললো আর সাথে সাথে একটা বিকৃত আওয়াজের সাথে মূর্তিটা দুটো অংশে ভাগ হয়েগেল। তার মধ্যে থেকে বেরিয়ে এলো এটা অদ্ভুত প্রকৃতির ধারালো অস্ত্র আর একটা মিশরের আদি মানচিত্র আর একটা ছোট্ট নোট। নোটখানা খুলতেই ওর বুকটা কেমন কেঁপে উঠলো, "রক্তে লেখা না!!"...সে তড়িঘড়ি সব জিনিস পত্র ব্যাগে পুড়ে অসুস্থতার ভান করে বাড়ির পথে পা বাড়াল।

এখন সন্ধে বেলা চারদিকটা নিস্তব্ধ, ডেভিড রবিনকে সমস্ত ঘটনাটা খুলে বলল। "দেখাও দেখি নোটখানা" ডেভিড কম্পিত হস্তে যতটা এগিয়ে দিল। তার পর একটা ভয়ঙ্কর নীরবতা। রবিন গম্ভীর মুখে নোটখানা ফেরত দিয়ে বলল " ডাঃ উইলিয়াম ডিভোর, উনি প্রথম মূর্তিটা আবিষ্কার করেন valley of kings থেকে... সালটা ১৮৯৫ ...তিনি কলকাতাতেও আসেন এক মিউজিয়ামের উদ্বোধন করতে। ১৯১০ সালে রহস্যজনক ভাবে নিখোঁজ হয় যান, এটা তারই লেখা নোট...নিচে তার সই রয়েছে"।

রবিনের কথাগুলি শুনে ডেভিড বেশ ভয় পেয়েই রয়েছিল। নির্জন নিস্তব্ধ রাতে অন্ধকার পথ ধরে বাড়ি ফিরতে ফিরতে ওর মনে হল যেন বিপদের মেঘ তার জীবনে জোট পাকিয়ে দিচ্ছে।

এইসব ভাবতে ভাবতে সে যখন বাড়ি পৌছালো দেখল বাড়ির সামনে পুলিশের গাড়ি আর লোকজন ভিড় করে দাঁড়িয়ে আছে। ডেভিড সবাইকে সরিয়ে সামনে এগিয়ে যে দৃশ্য দেখতে পেলো তা তার হার হীম করে দিলো। একটা মুণ্ডহীন দেহ...ডেভিড ভয় খানিক পাথরের মত দাঁড়িয়ে রইলো। একটা পরিচিত ডাকে তার ঘোর কাটলো। অর্ণব বাবু। "ঘরে গিয়ে বস কিছু কথা আছে" সস্নেহে তিনি বললেন । সে একপা বাড়াতেই একটা তির প্রায়

তার মুখের কয়েক ইঞ্চি সামনে দিয়ে ওই লাশ টাকে বিদ্ধ করলো। দুজনেই হকচকিয়ে গেলেও নিজেদের সামলে নিয়ে তির টা বেরকরে দেখল এর মধ্যে একটা সাপের চিহ্ন। ডেভিডের বুকের ভিতর টা কেমন করে উঠল। অর্ণব বাবু দেখলেন তিরের ডগা তা প্যাচ দিয়ে খুলে ফেলা যায়। সেটা খুলতেই বেরিয়ে এলো একটা চিঠি। চিঠির যা মর্ম তা হল:

যার জিনিস তাকে ফিরিয়ে দাও

নইলে........

*** *** ***

(পঞ্চম পর্ব)

*** ***

..."নইলে কি......??" ডেভিড আতঙ্কিত স্বরে প্রশ্ন করলো....তারপর এক ভয়ঙ্কর নিস্তব্ধতা...নিস্তবতা ভাঙলেন অর্ণব বাবু, বললেন "বলেছে এর ফল খুব খারাপ হবে... এর ফল মৃত্যু"। ডেভিডের বুকের ভিতরটা দপ করে উঠল। সে রাতে ওর দুটো পলক যেন এক হতে চাইছিল না..."অনেক হয়েছে...এবার একটা ইসপার উসপার করতেই হবে" সে নিজেকে বলল।

সকাল হওয়ার সাথে সাথে রবিনের বাড়ির ফোন বেজে উঠল ফোনের ওপারে ডেভিড..."কথা আছে , ফোনে বলবো না সন্ধ্যে বেলা আসছি" বলেই ফোনটা কেটে গেল। সন্ধ্যায় ডেভিড তার বাড়ি উপস্থিত হয় সমস্তটা খুলে বলল। "কি.......??? মিশর?? পাগল নাকি?" রবিন উত্তেজিত হয়ে মন্তব্য করল। "মিশর যাওয়া এক প্রকার...থাকা খাওয়া এগুলোর কি হবে শুনি" এর প্রত্যুত্তরে ডেভিড জানালো যে তার এক দূরসম্পর্কের কাকা মিশরের দূতাবাসে আছে সে তাদেরকে সাহায্য করবে। এরকম অনেক যুক্তি দেয়ার পর রবিন শেষ অব্দি রাজি হয়। "কিন্তু ব্যাপারটা যেন কেউ না জানতে পারে" ডেভিড যতটা সম্ভব স্বর নিচু করে বলল। "মনে হচ্ছে পুলিশের মধ্যেও কোনো ব্ল্যাক কোবড়ার লোক লুকিয়ে আছে কারণ গত রাতে লক্ষ করলাম একজন উর্দিধারী মূর্তিটার উপর নজর রাখছে"...এরপর ২-৪ দিন ঠিকঠাক ভাবে কাটলো।

দিনটা ছিল ২৮এ ডিসেম্বর ডেভিড আর রবিন দুজনের বাড়িতেই হুলুস্থুল পরে গেছে...দুজনেই বেপাত্তা। পুলিশ এলো খোঁজ শুরু হল, অর্ণব বাবু মনে মনে বললেন "তবেকি ওরা......."

*** ***

"১১ঘন্টা ৫০ মিনিটে ৫৬৯০ কিমি...প্লেনের ধকল...উফ:...ওই দেখো

আমাদের রিসিভ করতে আসছেন মিঃ বাগচী"...স্থানটা কায়রো আন্তর্জাতিক বিমানবন্দর...ওরা হাটতে হাটতে মিঃ বাগচীর সামনে গিয়ে উপস্থিত হল। মিঃ বাগচী মৃদু হেসে বললেন "কাজ হয়েগেছে..."

*** ***

(ষষ্ঠ পর্ব)

*** ***

মিঃ বাগচী মৃদু হেসে বললেন,"কাজ হয়েগেছে...ডেভিড...মিশরে সুস্বাগতম"। এরপর বৃথা বাক্যব্যয় না করে তারা সোজা অপেক্ষারত গাড়ির দিকে পা বাড়ায়। গাড়ির মধ্যে যাত্রা কালে রবিন সৌন্দর্য উপভোগ করতে করতে বলল " সত্য ডেভিড বড় বিচিত্র এ দেশ!...কত রহস্য কত ইতিহাস.."।

স্থানটা The tower hotel, কর্নিশ এলো নীল, কায়রো......ওরা দুজন হোটেলে উঠে ঠিক করলো যে আজকের দিনটা ক্লান্তি দূর করে পরদিন থেকে খোঁজ শুরু করবে।

পরদিন সকালে তারা মানিয়াল তাহরির পথ ধরে সোজা ইজিপ্ট মিউজিয়ামের দিকে,মূর্তি সম্পর্কে যতটা জানা যায়। তারা যথাস্থানে পৌঁছে মিউজিয়ামের কিউরেটর মিঃ ইখতিয়ার সাহাবুদ্দিনের সাথে দেখা করতে যায়। রবিন আগেই তার সাথে ফোনে কথা বলে নিয়েছিল। মিঃ সাহাবুদ্দিন তাদের দেখে হাসি মুখে স্বাগত জানিয়ে তাদের আপিস ঘরে নিয়ে যায়।

"এই হল মূর্তিটা...", ডেভিড সাবধানে মূর্তিটা বের করে তাকে দিলো। মূর্তিটা দেখতেই তার মুখের রংটা ফ্যাকাসে হয় যায়...যতটা সম্ভব স্বর নিচু করে তিনি বললেন "এটা হল মিশরীয় ঐতিহ্যের সবচেয়ে পুরাতন এবং সব চেয়ে নিখুঁত উদাহরণ ...আপনারা এর ইতিহাস জানতে চান..(বলতে বলতে তিনি এক পুরানো ধুলোয় আবৃত বই বের কোরে ধুলো ঝেড়ে সেটা খুলে তাদের পরে শোনায়)

.....এর ইতিহাস শুরু ১৬০০ খ্রিষ্ট পূর্বাব্দ, তখন valley of kings তৈরি হয় নি। সে সময় থেবান নেকরোপলিসের রাজা চতুর্থ রামেসেস.....

*** ***

(সপ্তম পর্ব)

*** ***

"...হেকামাত্রে রামেসাস যাকে আমরা চতুর্থ রামেসাস বলে জানি, তিনি ছিলেন তৃতীয় রামেসসের উত্তরসুরি। মাত্র বাইশ বছর বয়সে থেবান নেকরোপলিসের রাজত্ব পেয়েছিলেন এটি লেখা আছে তৃতীয় রামেসাসের

সমাধিস্থলে।......যাক আসল কথায় আসি চতুর্থ রামেসাস ছিলেন এক প্রকার লোভী সাম্রাজ্যবাদী প্রকৃতির রাজা। তিনি চেয়েছিলেন নিজেকে সর্বশক্তিমান সিদ্ধ করতে এবং সমস্ত পৃথিবীতে আধিপত্য বিস্তার করতে। বলা হয় রামেসসের সেনার মতন শক্তিশালী সেনা আর হয় না। কিন্তু দুর্ভাগ্য বসত তিনি মাত্র সাড়ে ছয় বছর রাজত্ব করে মারা যায়। বলা হয় যে চতুর্থ রামেসাস এবং তার বৃহৎ সেনা দেবতা ওসিরিসের হর প্রাপ্ত এবং এই মূর্তিটি নাকি তারই দেয়া উপহার। কথায় আছে যদি কেউ কেউ মূর্তিটি তার সমাধি স্থলের একটি বিশেষ স্থানে লাগাতে পারে তবে তার বিশাল সেনা নরক থেকে ফিরে আসবে।..." এই বলে মিঃ সাহাবুদ্দিন নিজের কথা থামালেন। " রামেসসের পর তার সেনার কি হল না বলেই ডাইরেক্ট নরক থেকে ফিরিয়ে আনলেন??" রবিন প্রশ্ন করল। "ও তাই না ভুলেগেছি। দাঁড়ান কফি খেয়ে বাকিটা বলছি(মিঃ সাহাবুদ্দিন এক চুমুকে কফি নামিয়ে বললেন)...লেখা আছে যে তার সেনা নাকি তার সমাধির কাছেই ধসে যায় বা বপা উচিত ওসিরিস তাদের এক বিপুল স্বর্ণভান্ডারের রক্ষণাবেক্ষণের ভার দিয়েছে।"....এটা শুনে রবিন আর ডেভিডের চোখ দুটো ঠিকরে বেরিয়ে আসার উপক্রম।"হয় তবে সে গল্প কথা। তার সত্যতা বিচার করা যায় নি।" মিঃ সাহাবুদ্দিন কফির কাপটা নিচে নামিয়ে রেখে এক দীর্ঘ নিঃশ্বাস ফেললেন। বাইরে মিউজিয়ামের ঘড়িতে সন্ধ্যে পাঁচটার ঘন্টা পড়ল এবার মিউজিয়াম বন্ধ হওয়ার পালা।

"কি বুঝলে..." ডেভিড রবিন কে প্রশ্ন করল। রবিন নিরুত্তর, তার চোখ শুধু পাশের গাড়ির আয়নার দিকে । ডেভিডও কাছের দিকে তাকাল আর তার সাথে সাথেই রবিন এক হ্যাঁচকা টানে ডেভিড কে পাশে সরিয়ে নিল তৎক্ষণাৎ একটা গুলি পাশের দেয়াল টাকে বিদ্ধ করল। ক্ষণিকের মধ্যে একটা কালো চাদর জড়ানো লোক একটা গাড়িতে উঠে পালিয়ে গেল। চার দিকে কেমন একটা নিস্তব্ধতা নেমে এলো। "সেই চিহ্নটা....

*** ***

(অষ্টম পর্ব)

*** ***

"সেই চিহ্নটা...." ডেভিড এক দৃষ্টিতে গাড়ির বনেটের দিকে তাকিয়ে আছে। রবিন গম্ভীর ভাবে বলল "হম্ম...কালো সাপের ডেরায় এসেছি ভায়া ফণা তুলে কামড়াতে তো আসবেই"।

সেই রাতেই হোটেলে,

ওরা দুজনে খাওয়া দাওয়া সেরে নিজেদের ঘরের দিকে রওনা হল। ঠিক তাদের ঘরের কাছাকাছি আসতেই রবিন ডেভিডের হাতটা শক্ত করে ধরে তাকে থামিয়ে দিল। "সামনে দেখ....." যতটা সম্ভব গলার স্বর নিচু করে সে বলল। সামনে তাকাতেই ডেভিডের চক্ষু চরখগাছ। সে দেখল তাদের দরজা খোলা , তারা সাবধানে ঘরের ভিতর ঢুকল আর সাথে সাথে দরজা বন্ধ হওয়ার আওয়াজ, ডেভিডের ঘরের সমস্ত সুইচের স্থান কন্ঠস্থ থাকায় সে আলো জলতেই দেখল একজন মুখোশ পড়া বন্দুকধারী রবিনের দিকে বন্দুক তাকে করে রেখেছে। "নিশ্চয়ই মূর্তি নিতে এসেছে..." ডেভিড মনে মনে বলল।

ওর মাথায় বিদ্যুৎ বেগে একটা বুদ্ধি খেলে গেল ও তৎক্ষণাৎ আলো নিভিয়ে দিল আর সাথে সাথে একটা বিকট আওয়াজ আর একজনের মাটিতে লুটিয়ে পড়ার শব্দ।

*** ***

আধ ঘন্টা পর:

"এখনো বেঁচে আছে...অফিসার ওকে হাঁসপাতালে নিয়ে যান বেতার মুখ থেকে সব সত্যি কথা বের করতে হবে..আর বাচ্চা ছেলে...তুমি খুব বুদ্ধিমানের কাজ করেছ। আলো নিভিয়ে সজোরে ওর মাথায় ফুলদানি মেরে...যাক মরেনি লোকটা"...ডেভিড মিশর পুলিশের মুখে 'বাচ্চা ছেলে' শুনে একটু মনমরা হয় পড়ল।

পুলিশ চলে যাওয়ার পর ডেভিড ঘরে গিয়ে নিজের ব্যাগটা খুলতেই.......একটা চিৎকার " মূর্তিটা...........???????!!!!"

*** ***

(নবম পর্ব)

*** ***

"মূর্তিটা......??!!" ডেভিড একটা আর্ত চিৎকার করল। রবিন দৌড়ে এসে দেখল যে মূর্তিটা নিজের জায়গা থেকে উধাও হয়ে গেছে।"এটা ছাড়া সব শেষ হয়ে যাবে...." ডেভিডের স্বরে স্পষ্ট ভয়ের ছাপ। তারা তৎক্ষণাৎ ফের পুলিশের কাছে গিয়ে সবটা জানালো, ঠিক হল পরদিন সকালে আগন্তুকের জ্ঞান ফিরলে তাকে জিজ্ঞাসাবাদ করা হবে।

হাসপাতালের ঘড়িতে তখন সকাল ১১টা, ডেভিড আর রবিন পুলিশের সাথে আগন্তুকের সামনে দাঁড়িয়ে, ডাক্তার বলেছেন আস্তে আস্তে জ্ঞান ফিরছে তার। মোটামুটি আধ ঘন্টার মধ্যে তার সম্পূর্ণ জ্ঞান ফিরে আসে। পুলিশের চিফ

তার দিকে বন্দুক তাক করে দাঁড়ায়....হুমকি দেন যে একটাও মিথ্যে কথা বললে তার খুলি উড়িয়ে দেওয়া হবে।
রবিনের প্রথম প্রশ্ন "তোমার সাথী কোথায়?".....অফিসার বললেন "সাথী..??"।
"হ্যাঁ কারণ যদি ওর কোনো সাথী না থাকত তাহলে মূর্তিটা ওর কাছে থাকত... কিন্তু সার্চ করে সেরাম কিছু পাওয়া যায় নি "...রবিন গম্ভীর ভাবে বলল।
অফিসার ট্রিগারে আঙ্গুল রাখার সাথে সাথে আগন্তুক বলল যে ওর সাথী পাশের ঘরে মূর্তিটা খুঁজছিল। "ও যখন দেখল আমি ফুলদানি দিয়ে মেরে তোমায় অজ্ঞান করে দিয়েছি তখন ও আমায় কিছু করলোনা কেন??" পরের প্রশ্ন ডেভিডের। "কৃতঘ্ন....বিশ্বাসঘাতক....মূর্তি পাওয়ার সাথে সাথে ও পালিয়ে গেল আমায় ফেলে"....বলতে বলতে তার দৃষ্টি দরজার দিকে গেল আর সাথে সাথে আগান্তক অদ্ভুতভাবে ছটফট করতে লাগলো...এক প্রকার হুলুস্থুল পরে গেল ডাক্তাররা এসেও কিছু করতে পারছেন না। ১৫ মিনিটের মধ্যেই লোকটা কাতরাতে কাতরাতে শেষ নিঃশ্বাস ত্যাগ করল।
তারিখটা কত হবে ৩১ এ ডিসেম্বর, ডেভিড দৌড়তে দৌড়তে খবরের কাগজ নিয়ে রবিনকে ধরিয়ে হাঁপাতে হাঁপাতে বলল,"প্রথম পাতাতেই খবর চেপেছে....."
রবিন খবরের কাগজ খুলতেই চোখ ছানাবড়া...সে পড়তে শুরু করল..." ব্ল্যাক কোবড়ার এক সদস্যকে হাসপাতালে বিষাক্ত স্যালাইন জল দিয়ে খুন....
*** ***

(দশম পর্ব)

*** ***

"হুম্ম.....তবে আমার সন্দেহ ঠিক....লোকটাকে ওর সাথিটাই খুন করেছে...যাতে ও বাইরে কোনো খবর না বলতে পারে", রবিন বলল। হঠাৎ কলিং বেলের ঘণ্টা বেজে উঠলো....ডেভিড দরজা খুলতেই মিশর পুলিশের অফিসার মুখ কাঁচুমাচু করে তাদের ঘরে এসে বললেন ,"ওদের খুব উপর অব্দি হাত আছে...সরকার থেকে তদন্ত বন্ধ করার নির্দেশ দিয়েছে...আমায় ক্ষমা করে দাও আমি আর তোমাদের সাহায্য করতে পারব না। তবে একটা জিনিস দিচ্ছি...(তিনি পকেট থেকে একথা ভাঁজ করা কাগজ তাদের দিলেন)....এটা ওর জামাকাপড় ঘেঁটে পাওয়া যায়...এটা একটা পুরানো বাড়ির ব্লু প্রিন্ট জাতীয়...আচ্ছা আমি আজ আসি"...এই বলে তিনি বিদায়

নিলেন।
তারা বাড়ির ব্লুপ্রিন্টে দেখল যে বাড়ির অবস্থান লেখা আছে...সেটা ম্যাপে খুঁজে দেখল যে বাড়িটা মানিয়ালের পথ ধরে গিজা যাওয়ার পথে পরে এবং ওখান ইহাকে নাকি নীল নদ খুব কাছে, ঠিক হল পরদিন সকালে সেখানে যাওয়া হবে।
পরদিন সকালে তারা দরকারি জিনিসপত্র নিয়ে রওনা হল সেই বাড়িটার দিকে...এর মধ্যেই রবিন পুলিশদের কাছ থেকে সার্টিফিকেট করে একটা বন্দুকের ব্যবস্থা করে নিয়েছে।....তারা হোটেল থেকে বেরোতেই, "আপনি...??" ডেভিড প্রশ্ন করে..তার সামনে দাঁড়িয়ে রয়েছেন ইখতিয়ার বাবু। রবিন জানায় যে সেই তাকে ডেকে এনেছে সাহায্যের জন্য। তারা বৃথা বাক্যব্যয় না করে সোজা বাড়িটার পথে রওনা দেন।....
*** ***
(একাদশ পর্ব)
*** ***
"বাবাঃ.....কি বিশাল.....!!" ডেভিড বাড়িটার দিকে তাকিয়ে বলল। "হম্ম, সাধারণ বাড়ির থেকে একটু বেশিই বড় এটা.....এই কারণেই বোধয় সামনের তালাটাও বড়",রবিন উত্তর দিলো। খানিকক্ষণ বাড়ির চারদিকটা ঘোরাঘুরি করে ওরা দেখল যে ভিতরে ঢোকার কোনো দ্বিতীয় রাস্তা নেই তার উপর সিংহদুয়ারে বিশালাকার তালা ঝুলছে।"কোনো উপায় নেই...পাইপ বেয়ে উঠতে হবে....।"...রবিন এক দীর্ঘ নিঃশ্বাস ফেলে বলল। "ইয়ে....মানে...পাইপ...মশাই আমার তো বয়স হয়েছে...তাছাড়া নীচে লক্ষ রাখার জন্যও কাউকে চাই....হেহে" এই বলে পকেট থেকে রুমাল বের করে ঘাম মুছলেন মিঃ সাহাবুদ্দিন। তার কথাকে কেউ খুব একটা পাত্তা না দেয়ায় একটু দমে গেলেন ভদ্রলোক। প্রথমে ডেভিড তারপর রবিন...যাতে ও স্লিপ করে গেলে রবিন ধরে ফেলতে পারে। ওরা পাইপ বেয়ে উপরের একটা বারান্দায় উঠে একটা দড়ি নীচে ফেলে দিল....."এটা বেয়ে উঠে আসুন.." ডেভিড বলল। মিঃ সাহাবুদ্দিন প্রায় কাঁদো কাঁদো মুখ করে দড়িটা চেপে ধরলেন সাথে সাথে উপর থেকে টান দিল ওরা। "সত্যি বলছি এরপর আর কোনো কারোর সাথে রোমাঞ্চে যাবো না".....মিঃ সাহাবুদ্দিন উপরে এসে বললেন।
"তাহলে এবার শুরু করা যাক তদন্ত.." রবিন বলল। তারা লক্ষ করল যে বারান্দা দিয়ে ঘরে ঢোকার রাস্তাও বন্ধ। বারান্দায় রয়েছে শুধু ছাদের

মাঝ বরাবর ঝুলন্ত তামার চেন আর ডান দিকের দেয়ালের রয়েছে একটা হাইরোগ্লিফিক ধাঁধা রয়েছে আর ঠিক তার সমান্তরাল ভাবে বাম দেয়ালে একটা খোপ কাটা।..."আ..আ...আমি এই ধাঁধাটা চিনি...আমার বইটাতে আছে(এই বলে তিনি সেই বইটা তার থলে থেকে বের করলেন জেতার থেকে তিনি রবিন আর ডেভিড কে মূর্তিটার সম্পর্কে বলেছিলেন)..এ..এ...এই তো.." এই বলে তিনি উত্তেজিত হয়ে ধাঁধাঁটার দিকে এগিয়ে গিয়ে সেটার সমাধান করা শুরু করলেন।

খুব বেশি নয় পনেরো মিনিটের মাথায় তিনি ধাঁধাঁটার সমাধান করেফেল্লেন, তারপরেই ঘটল এক অদ্ভুত ঘটনা।

ধাঁধার প্লেটটা দুভাগ হয় সরে গিয়ে একটা নলের মতন যন্ত্র বেরিয়ে এলো, সাথে সাথে তার সমান্তরাল বাম দেয়ালের খোপ থেকে মোটামুটি ৭৫ ডিগ্রিতে হেলানো একটা আয়না বেরিয়ে এলো তাছাড়া বারান্দার রেলিংয়ের সামনের একটা মার্বেল সরে গিয়ে একটা লম্বা দণ্ডের মাথায় আরেকটা আয়না তবে তাদের দেখে মনে হল সেটা নাড়ানো যায়। রবিন ডেভিডকে ইশারা করতেই সে গিয়ে আয়নাটা সূর্যের দিকে মুখ করে দিলো সঙ্গে সঙ্গে একটা ঘন আলোকরশ্মি নলের উপর পড়লো আর নল থেকে বিচ্ছুরিত হল নীলাভ আলোকরশ্মি যেটা ৭৫ ডিগ্রিতে হেলানো আয়নায় লেগে সোজা চলে গেল ওই তামার চেনের কাছেই অবস্হিত ছাদের একটা গর্তে সেই সাথে চেনটা আরেকটু আলগা হতেই ডেভিড সেটা সজোরে টান মারলো ....তারপর একটা আর্ত চিৎকার...

*** ***

(দ্বাদশ পর্ব)

*** **

...ওরা দেখল যে ডেভিড যে মার্বেলটার উপর দাঁড়িয়ে ছিল সেটা দুভাগ হয়ে খুলে গেছে আর ডেভিড চেন তাকে ধরে ওই গর্তের মাঝামাঝিতে ঝুলছে..."সম্ভবত অনেকদিন চেনটা না ব্যবহারের ফলে টাইট হয়ে গেছে...ডেভিড তুমি ঠিক আছো তো?? ওখানে কি খুব অন্ধকার??",মিঃ সাহাবুদ্দিন মন্তব্য করলেন। " মশাই নিকুচি করেছে অন্ধকারের...আকাশ পাতাল মাঝে ঝুলছি আমি আর আপনার অন্ধকার নিয়ে মাথা ব্যথা....." ডেভিড রাগ আর ভয় মিশ্রিত স্বরে উত্তর দিল। ইখতিয়ার বাবু একটু হেসে বললেন,"ইয়ে মানে...ওখানে তো কিছু দেখা যাচ্ছে না তাই বললাম আরকি।"। রবিন ইখতিয়ার বাবু কে চেনটা টেনে নীচে নামাতে বললেন

কারণ ডেভিড অনেকটাই নীচে ঝুলছে। তাই হল, চেনটা আরেকটু নীচে নামাতেই ডেভিড চেঁচিয়ে হাঁক দিল, "মেঝে পেয়েছি...তোমরাও এসো...টর্চটা জালিয়ে আমায় দাও"।

ডেভিডের কথা মতন টর্চটা জ্বালিয়ে তার দিকে ছুড়ে ফেলা হল। তারপর একে একে রবিন আর ইখতিয়ার বাবু নামলেন ওই অন্ধকার ঘরে। ডেভিড টর্চটা একটু এদিক ওদিক নাড়াতেই তার চোখে পড়ল একটা মশাল তাছাড়া ঘরটা সম্পূর্ণ খালি। রবিন এগিয়ে গিয়ে মশালটা জ্বালিয়ে যেই নামাতে গেল সে দেখল যে মশালটা সরানো অসম্ভব। ডেভিড লক্ষ্য করল যে মশালের ছুঁচল অংশের শেষে দেয়ালের গায়ে একটা গর্ত আছে।ডেভিড মশালটার কাছে গিয়ে ওটাকে নিচের দিকে ঠেলতেই ওটা গর্তে ঢুকে যায়,রবিন এতক্ষণ ধরে শুধু উপরদিক থেকেই তুলছিল ওটাকে। মশালটা গর্তে ঢোকার সাথে সাথে পুরানো লোহার মোচড়ের শব্দ করে ঘরের মাঝখানের মেঝেটা দুভাগ হয় দরজার মতন খুলে গিয়ে নিচ থেকে ওয়ারড্রব জাতিয় একটা বস্তু বেরিয়ে এলো যার উপরে কিছু মূর্তি সাজানো। তারা প্রথমে একটু ভয় পেলেও পরে নিজেদের সাহস একত্রিত করে ওয়ারড্রবটার কাছে যেতেই ইখতিয়ার বাবু বেশ উত্তেজিত হয়েই বললেন,"চিনি চিনি....মূর্তি গুলোকে চিনি...ওই যে দেখছ সবুজাভ শরীর উনি হলেন দেবতা ওসিরিস..ওই মহিলাটি দেবী আইসিস ওসিরিসের স্ত্রী...ওখানে পক্ষীর চিহ্ন দেয়া উনি হলেন হরাস...আর আর...ওই দানবাকার মূর্তি...ওটা দেবতা সেট...কিন্তু মূর্তি গুলো এরকম এলোপাথাড়ি ভাবে সাজানো..."। উনি সেই বইটা বের করে রবিন আর ডেভিডকে দেখান তারপর সেই অনুযায়ী মূর্তির সাজান...ক্রমটা হল এই রকম:

প্রথমে ওসিরিস তার পাশে আইসিস তাদের পিছনে সেট আর তার পিছনে হরাস।

"কোনো বিশেষ কারণ এই শয্যার??" ডেভিড জিজ্ঞেস করল। ইখতিয়ার বাবু বললেন,"যতটা সম্ভব ছোট করে বলছি...লোকমুখে আছে সেই সময় মিশরে দেবতাদের আধিপত্য...

*** ***

(ত্রয়োদশ পর্ব)

*** ***

".....মিশরে তখন দেবতা ওসিরিসের আধিপত্য তিনি ছিলেন জীবন-মরণের দেবতা। বলা হয় যেদিন দেবতা ওসিরিস তার সাম্রাজ্যের উত্তরাধিকার

হিসেবে তার সন্তান দেবতা থথ কে মুকুট পড়াবেন সেই দিনেই ওসিরিসের কৃতঘ্ন ভাই সেট ছল প্রয়োগ করে ওসিরিসকে একটি সীসার কফিনে বন্ধ করে দেয়...পরে অবশ্য দেবতা থথ নিজের সম্পূর্ণ শক্তি সঞ্চয় করে সেটকে যুদ্ধে পরাজিত করে...." একটা বিচিত্র আওয়াজে ইখতিয়ার বাবু থেমে যান। তারা দেখলেন যে ওয়ার্ডরোবের একটা স্তর খুলে গিয়ে আরেকটা বাক্স বেরিয়ে আসে যেটাকে চাবি দিয়ে খুলতে হয়।

"ইরি চাবি কোথা থেকে পাব??" রবিন বলল। ডেভিড একটু উত্তেজিত হয়ে বলল,"দেখো চাবি লাগাবার জায়গাটা একটা সরল রেখা মনে এটা কোনো ছুরি বা তলোয়ার কে চাবি হিসেবে ব্যবহার করত যেমন ধরো (এই বলে ও ইখতিয়ার বাবুর কাছ থেকে বইটা নিয়ে পরের অধ্যায় খুলে দেখাল) সেই মূর্তিটার থেকে পাওয়া ছুরিটা....ওটাই হল চাবি।" এই বলে ডেভিড তার ব্যাগটার থেকে একটা টেলিস্কোপ বের করল সবাই বিচলিত চক্ষে ওর দিকে তাকিয়ে ছিল তারপর সে টেলিস্কোপের বড় কাঁচটা খুলে তার ভেতর থেকে ছুরিটা বের করে যথাস্থানে লাগিয়ে ঘোড়াতেই একটা বিকট হারহীম করা শব্দের সাথে বাক্সটা দুভাগ হয়ে খুলে যায় পাস থেকে ইখতিয়ার বাবু ভয়ার্ত গলায় ভেঙে ভেঙে বললেন..."আ....আ....আনুবিস........"

তারা দেখল সারা ঘর আলোড়ন করে বাক্স থেকে বেরিয়ে এলো আনুবিসের স্বর্ণালী মূর্তি আর তার সাথে প্যাপীরাস পাতায় লেখা হাইরোগ্লিফিক। তারা দুটোই তুলে নিল । আনুবিসের মূর্তিটা নিজের জায়গা থেকে সরতেই সামনে একটা দরজা খুলে গেল। ডেভিড বলল "তবে কি আমরা সফল!!"।

তারা খুশি হয়ে যেই দরজা দিয়ে বেরোল....

"নমস্কার ডেভিড ও রবিন বাবু..." একটা ভারী গলা তাদের সম্বোধন করল...

*** ***

(চতুর্দশ পর্ব)

*** ***

"...নমস্কার ডেভিড ও রবিন বাবু,....সুভানুদ্দিন বিন বখতিয়ার আলমের সাম্রাজ্যে আপনাদের স্বাগতম...."

ডেভিড,রবিন এবং ইখতিয়ার বাবু দেখলেন তাদের সামনে একজন স্যুটবুট ধারী একজন বয়স্ক লোক এবং অন্তত ১৩টি গাড়ি সাথে ৫০ জন বন্দুকধারী। আর গাড়ির উপর সেই ব্ল্যাক কোবড়ার চিহ্ন। সবাই তাদের দিকে বন্দুক তাক করে আছে। এই দৃশ্য দেখে ডেভিডের রক্ত জল হয়ে গেল এবং

ইখতিয়ার বাবু একটু ভীতু প্রকৃতির হওয়ায় অচেতন হয়ে পড়লেন।
"ভয় পাচ্ছেন কেন? আমি এখনি আপনাদের মারবো না। আগে আমার কাজ হোক তার পর। (তারা একটু চমকে উঠল)....ও মাফ করবেন কি কাজ সেটা আগে বলি। আপনারা যে মূর্তিটা ধরে আছেন ওটা হল হেকামাত্রে রামেসসের বিপুল গুপ্তধনের কাছে পৌঁছানোর দ্বিতীয় চাবি। হ্যাঁ অবশ্যই প্রথমটা হল সেই মূর্তিটা যেটা আমরা তোমাদের কাছ থেকে ছিনিয়ে এনেছি। যেহেতু তোমরা শুরু থেকে এই রহস্যের সমাধান করছো আমি চাই যে ওই গুপ্তধনের কাছে তোমরা আমায় নিয়ে যাও। আমার খাটনি খুব কমে যাবে।"..তিনি হিংস্র ব্যাঘ্রের ন্যায় তাদের সম্বোধন করলো।
"এলো গিজা....মানচিত্র অনুযায়ী গুপ্তধন ওখানে আছে..." রবিন গম্ভীরভাবে বলল। সুভানুদ্দিন একটা হিংস্র হাসি হেসে তাদেরকে গাড়িতে তুলে রওনা হলেন এলো গিজার পথে....
*** ***
(পঞ্চদশ পর্ব)
*** ***
"এলো গিজা....(তারপর এক অট্টহাসি)...এত কাছাকাছি থেকেও প্রায় সারা পৃথিবী ঘুরে বেড়িয়েছি...জীবনের অর্ধেকের বেশি কাটিয়ে দিলাম...গুপ্তধন উদ্ধার করতে... এবার সফল হবই।" সুভানুদ্দিন বাবুর মুখ থেকে যেন হিংস্রতার ছাপ লেগেই আছে। এদিকে ইখতিয়ার বাবুর ধীরে ধীরে জ্ঞান ফিরছে।
ইতিমধ্যে সকলে এলো গিজার সামনে চলে এসেছে। ইখতিয়ার বাবু ফের তার বইটা খুলে বললেন " ওই পোলটা দেখছেন ওই পোলটার অনুযায়ী এই ঘড়ির ধাঁচটা বালির উপর এঁকে দিন..কিন্তু কিভাবে আঁকবেন??"।
"আমার লাঠিটা নিন..." সুভানুদ্দিন তাঁর দামি সাপের আদলে তৈরি লাঠিটা এগিয়ে দিলেন।
ডেভিড সেটাকে নিয়ে হুবহু পোলটাকে কেন্দ্র বানিয়ে ঘড়িটা এঁকে ফেললো। দেখা গেল বারোটা বাজতে মোটামুটি মিনিট দুয়েক বাকি...মিনিট দুই পেরোতেই তারা বালির উপর কম্পন অনুভব করলো। তারা লক্ষ্য করলো যে আস্তে আস্তে পোলের কাছের বালি সরে গিয়ে একটা গুপ্ত রাস্তা উন্মুক্ত করছে। দরজাটা উন্মুক্ত হওয়ার সাথে সাথে গ্যাং মেম্বাররা বন্দুক উঁচিয়ে সারিবদ্ধ হয়ে দাঁড়ালো। ওদের বুকের ভেতর টা কেমন দুপ করে উঠলো।
"আপনারা আগে নামছেন কি তাইতো।" সুভানুদ্দিন বললেন। তারাও বাধ্য

হয়ে সুড়ঙ্গে আগে পদার্পণ করলেন।
সুড়ঙ্গে অন্ধকার। রবিন টর্চ জালতেই ইখতিয়ার বাবু আর্ত চিৎকার করে উঠলেন।
*** ***
(অন্তিম পর্ব--প্রথম খণ্ড)
*** ***
আর্ত চিৎকার শুনে সকলে টর্চ জ্বালতেই দেখল সম্মুখে দণ্ডায়মান আনুবিস....তবে মূর্তি। মূর্তিটি এতই সাবলীল যে তাকে জীবন্ত মনে হয়।
"এটা একটা দরজা...(ইখতিয়ার বাবু তার বইটি খুললেন)...ওই দেখ সামনে চক্রাকার গর্ত...ওটায় স্বর্ণালী আনুবিসের মূর্তিটা বসিয়ে দিন।".....ডেভিড মূর্তিটা ইখতিয়ার বাবুর কথা মতন যথাস্থানে বসিয়ে দিল। যে হওয়ার কথা তাই হল, দরজা খুলে গেল। টর্চের আলোয় দেখা গেল সামনে একটা মশাল রবিন মশালটা ধরাতেই পরপর লাইন দিয়ে সব মশাল গুলি জ্বলে ওঠে আর মুহূর্তের মধ্যে অন্ধকার সুড়ঙ্গ হয়ে ওঠে এক আলোকোজ্জ্বল খনির রাস্তা।
"স্বর্ণ খনি.....সোনা ,রুপো,হীরে...." দলের একজন উন্মত্তের মতন বিড়বিড় করতে লাগলো। তারপরই পাগলের মতো দৌড়তে লাগলো। সে দৌড়ে সামনে যেতেই একটা বিকট আওয়াজ আর সাথে সাথে একটা তির তার হৃদয় এফোঁড় ওফোঁড় করে দিল।
সবাই এই দৃশ্য দেখে আঁতকে উঠলো। ইখতিয়ার বাবু তড়িঘড়ি তার বইটা খুলে বললেন," যা ভেবেছিলাম তাই কাছেই একটা ফাঁদ পাতা আছে। কয়েকটা আলগা টালি মাটির উপর বসানো যার উপর পা দিলেই মৃত্যু নিশ্চিত, এতএব সাবধানতা অবলম্বন করুন।"
তারা সাবধানে এগোতে লাগলো, সুরঙ্গটা আস্তে আস্তে গুমোট হয়ে আসছে। তারা দেখল সামনে একটা বিশাল দালান আর তার ওপারে বিশাল মন্দির। তারা কয়েক পা এগোতেই একটা ছোট্ট স্তম্ভের উপর একটা মাটির প্লেটে সাজানো কতগুলি হাইরোগ্লিফিক অক্ষর খানিকটা পাজেলের মতন তারপর মাটিতে ভয়াবহ কম্পন শুরু হল।
দেখা গেল দালানটা মাঝখান থেকে দুভাগে আলাদা হয় গেল মাঝখানে শুধু একটা ব্রিজের মতন বস্তু। সুভানুদ্দিন তার লোকেদের ইশারায় ব্রিজটা চেক করে আসতে বললেন। তার কথা অনুযায়ী তিন জন ওই ব্রিজটার কাছে গিয়ে একটু ঘুর ঘুর করলো,তারপর ব্রিজের উপর সাবধানে পা রাখল।
ব্রিজের মাঝামাঝি যেতেই অঘটন তার থাবা বসালো। ব্রিজটা মাঝ বরাবর

দুভাগ হয়ে ভাঁজ খেয়ে গেল আর তিনজন সোজা গর্তে। তাদেরকে বাঁচাতে আর কিছু লোক গেল কিন্তু তারা গর্তে চোখ দিতেই ভয় পেয়ে যায় এবং অসুস্থ হয়ে বমি করতে শুরু করে।

সুভানুদ্দিন রেগে গিয়ে বলেন,"কায়ার্ড গুলো....এতো পয়সা কি এমনি এমনি দিচ্ছি?" এই বলে তিনি নিজে এগিয়ে একবার গর্তের দিকে লক্ষ্য করলেন তারপর তার মুখ থেকে একটাই বাক্য বেরোলো,"মাই গড........" গলা শুনে বোঝা গেল তিনি বেশ ভয় পেয়েছেন।

*** ***

(অন্তিমবপর্ব-দ্বিতীয় খণ্ড)

*** ***

উনি যা দেখলেন তা বলার মতন নয়। কয়েক হাজার মাংসাশী পোকা....নিমেষের মধ্যে সেই লোকগুলোকে কঙ্কালের ঢিপিতে পরিণত করলো।

সুভানুদ্দিন বলল,"অনেক লোক মেরেছি...অনেক খুন দেখেছি...কিন্তু এরকম..শরীরটা অসুস্থ হয়ে যাচ্ছে।(আবার স্তম্ভের কাছে ফিরে এসে ইখতিয়ার বাবুকে সম্বোধন করে) কি হচ্ছেটা কি? আমার লোকগুলো এভাবে মরছে আর...."। ইখতিয়ার গম্ভীর ভাবে বললেন," আসল ব্যাপারটা হল যে যখন এই হাইরোগ্লিফিক অক্ষরগুলো সঠিক স্থানে স্থাপিত হবে তখন ওই ব্রিজটা স্থায়ী হবে।" এই বলে তিনি হাইরোগ্লিফিক পাজেল সমাধানে মগ্ন হয়ে গেলেন।

ঘণ্টা খানেক কেটে গেল হাইরোগ্লিফিকের

শেষ সারি মেলানো বাকি...তখন সবাই দেখল যে দেয়ালের নিচ থেকে সরু নল বেরিয়ে এলো তারপর তার মধ্যে থেকে ধোয়া বেরোতে শুরু করলো। ডেভিড,রবিন,ইখতিয়ার এবং সুভানুদ্দিন নাকে রুমাল বাঁধলেন কিন্তু তার তিন বীরপুরুষ নাকে রুমাল বাঁধতে নারাজ,তাতে নাকি তাদের কমজোর দেখাবে।

যা হবার তাই হল...ক্ষণিকের মধ্যেই তারা উন্মাদের মতন আচরণ করতে শুরু করল,এদিক ওদিক দৌড়াতে লাগলো। ইখতিয়ার বাবুর ততক্ষণে সমাধান শেষ, ব্রিজটা নিজের জায়গায় এসে স্থির হয়ে গেল।

সুভানুদ্দিন তৎক্ষণাৎ তার পিস্তলটি বের করে ডেভিডের মাথায় ধরে আর ইশারায় তাদের এগোতে বলে। সবার আগে রবিন তারপর ইখতিয়ার আর তার পেছনে ডেভিড এবং সুভানুদ্দিন। তারা ব্রিজটা পার করে মন্দিরের

সামনে উপস্থিত হয়। সামনে ওসিরিসের বিরাট মূর্তি আর তার সামনে মেঝেতে গোল করে আঁকা মন্ত্রের লিপি।

তারা একটু এগোতেই ডেভিডের একটা ইটের উপর পা পড়তেই সেটা মেঝেতে সেঁধিয়ে গেল আর মন্ত্রের চাকাটা একবার সম্পূর্ণ ঘুরলো আর মাঝখান থেকে একটা স্তম্ভ বেরিয়ে এলো যার উপর একটা ছোট্ট মঞ্চ। যার মাজে গর্ত খোদাই করা..একদম সেই মূর্তিটার মতন যেটা ডেভিড পেয়েছিল।

"এই নিন..(সুভানুদ্দিন মূর্তিটা বের করে তাদের দিল) গাধা গুলো সামলাতে পারতো না তাই নিজের কাছে রেখেছিলাম"...

ইখতিয়ার বাবু মূর্তিটা নিয়ে স্তম্ভটায় বসালেন

আর সাথে সাথে ক্যাচ করে একটা শব্দ আর সামনের ওসিরিসের মূর্তিটা দুভাগ হয় খুলে ঘুরে গিয়ে দেয়ালের নির্দিষ্ট খোপে ঢুকে গেল।

মন্ত্রের চক্রটাও আরেকবার ঘুরে দরজার মতন খুলে গেল।

বেরিয়ে এলো হেকামাত্রে রামেসাসের কফিন। তবে সেটাকে খোলা অসম্ভব কারণ কেউই চেষ্টা করে পারলো না। তবে কফিনের উপর থেকে ওসিরিসের দিব্য অস্ত্রের আদলে তৈরি বস্তুটা শুধুমাত্র আলাদা করা গেল।

সামনের দরজায় একদম হুবহু এক খোপ কাটা । রবিন সেই " দিব্য অস্ত্র"গুলো সেই খোপের ভেতর ঢুকিয়ে দিল একদম চাবির মতন।

সেই সাথে হার হীম করা আওয়াজ আর সামনে একটা দরজা খুলে গেল। তারা দরজা দিয়ে প্রবেশ করলো...

"আ...আ..আমার এত বছরের অপেক্ষা...আমার গুপ্তধন...সব আমার" সুভানুদ্দিন যেন সম্মোহিত হয়েগেছে। 'এটাই সুযোগ' ডেভিড মনে মনে বলল আর পরক্ষণেই কনুই দিয়ে সুভানুদ্দিনের তলপেটে সজোরে গুঁতো। সুভানুদ্দিন আর্ত চিৎকার করে হাত থেকে বন্দুক ফেলেদিল এই সুযোগে রবিন তার বুকে লাঠি মারে আর ইখতিয়ার বাবু স্বর্ণভান্ডার থেকে একটা স্বর্ণ দণ্ড তুলে তার মাথায় বারি মারে।

সুভানুদ্দিন অজ্ঞান , ইখতিয়ার বাবু তার বই দেখে একটা গুপ্ত রাস্তার কথা বললেন।

তাদের ডোরাকাটা খুঁজে বের করতে বিন্দু মাত্র অসুবিধে হল না। শুধু অনেক দিন না খোলার ফলে একটু টাইট হয় গিসলো তিন জন মিলে জোর লাগাতেই খুলে গেল।

"চলুন বাইরে গিয়ে সূর্যদেবকে দেখাদি, ঘুপচির মাঝে অনেক্ষন কাটিয়েছি" রবিন বলল। ইখতিয়ার বাবু মুখ কাঁচুমাচু করে একবার স্বর্ণ ভাণ্ডারটাকে

দেখল। "লোভে পাপ..পাপে মৃত্যু তাছাড়া এটা সরকারের ধন এখন। এতএব চলুন যাওয়া যাক" ডেভিড বলল। তারা বেরোতেই উট ওয়ালাদের দেখল। ডেভিড এবং রবিন একে অপরের চোখের দিকে তাকাল তাদের মুখে একটা মুচকি হাসি।

তারপর.........বাকিটা ইতিহাস.....

*** ***

সমাপ্ত

৭

রাজবাড়ি হত্যা রহস্য

প্রথম পর্ব

*** *** *** ***

"পরবর্তী স্টেশন শোভাবাজার-সুতানুটি, প্লাটফর্ম ডান দিকে"....আমাদের গন্তব্য শোভাবাজার রাজ বাড়ী; 'আমাদের' অর্থাৎ রবিন, ডেভিড এবং আমি অর্থাৎ তিনকরি মজুমদার, ডেভিডের দুঃসম্পর্কের দাদা। সদ্য কলেজে ছুটি পড়েছে, তাই ডেভিডের সাথে সময় কাটাতে চলে এলাম ;এক্সপেক্ট করেছিলাম যে শান্ত শিষ্ট ভাবে ছুটি কাটাবো, কিন্তু এখানে এসে আমার ভাবনা সম্পূর্ণ পাল্টে

গেল, সবটাই লিপি বদ্ধ করে রাখাটা ভালো , কারণ এরকম রহস্যময় ঘটনাবলী শুধু ব্যোমকেশ আর ফেলুদার বইতেই পড়েছি, আসল জীবনে কোনোদিন অভিজ্ঞতা অর্জন করেছি বলে মনে পড়ে না। তাহলে শুরু থেকেই শুরু করা যাক......

কয়েক ঘন্টা আগে......

(ফোনের ঘন্টা বাজলো) " হ্যালো, কে বলছেন?.....আচ্ছা.....আচ্ছা ঠিকাছে...হুম্ম, কবে?....আচ্ছা....ok anything else?....ধন্যবাদ..." ; আমরা এসেছিলাম রবিনের বাড়িতে আড্ডা দিতে, কিন্তু ফোনটা রাখার পর রবিনের মুখটা বেশ গম্ভীর হয়ে গেল। " চটপট চল, এখান থেকে আগে অর্ডিন্যান্স ফ্যাক্টরি, তারপর মেট্রো ধরে সোজা শোভাবাজার রাজ বাড়ী, তিনু...তুইও চল, ঘটনা লিপিবদ্ধ করার মতনও কাউকে চাই; রাস্তায় পুরো ব্যাপারটা বুঝিয়ে দেব, চল...." রবিনের কথা মতন আমরা ভি.আই.পি

রোডে এসে ট্যাক্সি ধরে সোজা চললাম অর্ডিন্যান্স ফ্যাক্টরি দমদমের দিকে। রবিন সামনে ড্রাইভারের পাশে এবং আমি আর ডেভিড পেছনে। গাড়িতে রবিন শুরু করলো..." ফোনটা করেছিলেন নীলমণি সান্যাল নামে এক ব্যক্তি, স্ট্রেট শোভাবাজার রাজবাড়ী থেকে। লোকটির গলা শুনে বেশ বয়োজ্যেষ্ঠ এবং হাঁপানি আছে, কারণ কয়েকটা কথা বলেই তিনি হাঁপিয়ে পড়েন। ".....কি বক্তব্য রাখলেন জানতে চাইলে

রবিন উত্তর দিল," শুধু বললেন বিশেষ দরকার, ফোনে বলা যাবে না.....আর ৩০ মিনিটে appointment আছে....." কথা বলতে বলতে আমরা অর্ডিন্যান্স ফ্যাক্টরিতে এসে পৌঁছেছি, আসলে রবিনের বন্দুকের লাইসেন্স ইস্যু হয়েছে কি না সেটা জানতেই এখানে আসা, মিনিট দশেকের মধ্যেই দমদম মেট্রোয় এসে হাজির হলাম, ডেভিডের কথায়," এই প্যাচপ্যাচে গরমে কি দরকার ভিড় ঠেলে বাসে করে যাত্রা করার, মেট্রো ধরলেই তো হল..." আমারও ভিড় বিশেষ পছন্দ নয়, তাই শেষ পর্যন্ত মেট্রো চেপে চললাম আমরা আমাদের গন্তব্য শোভাবাজার রাজবাড়ী.....

*** *** *** ***

দ্বিতীয় পর্ব

*** *** *** ***

মিনিট ১৫র মাথায় আমরা শোভাবাজার-সুতানুটিতে; লক্ষ্য করলাম মেট্রো অঞ্চলের ফুটপাথ দখল করে বসবাস স্থাপন করেছে কিছু ভিক্ষু পরিবার, আর জায়গাটা বেশ নোংরা। আমরা শেঠ আনন্দরাম জয়পুরিয়া কলেজের সামনের রাস্তা ধরে সোজা হাটা লাগাতেই কটা বাড়ি ছাড়াতেই চোখে পড়লো 'শোভাবাজার রাজবাড়ী'র সিংহ দুয়ার। ভেতরে প্রবেশ করার সময় চোখে পড়লো ফটকের উপরে সাদা মার্বেল পাথরে খোদাই করে লেখা "গোপীনাথ বাড়ী" , তাজ্জব ব্যাপার, কেউ এই নামটা ব্যবহারই করে না; সে যাই হোক, আমরা

তিনজন বৃথা বাক্যব্যায় না করে সোজা রাজবাড়ীতে প্রবেশ করলাম; প্রবেশ দ্বারের পর একটা ছোট্ট সরু গহ্বরের ন্যায় গলি অতিক্রম করে দেখতে পেলাম যে একপ্রান্তে কিছু বয়স্ক লোক তাস পিটচ্ছে আর দুই দিকে আরও দুটো প্রবেশ দ্বার। ডেভিড বলল," এই দুটোর মধ্যে বাম দিকে হল বসত বাড়ি এবং ডান দিকে হল পুজোর দালান ।" বসত বাড়ির প্রবেশ দ্বারের সামনে একজন বয়স্ক লোক খবরের কাগজে ডুবে ছিলেন, তাই বোধয় আমাদের কথোপকথনে একটু বিরক্ত হয়ে আমাদের দিকে দৃষ্টি নিক্ষেপ করে জিজ্ঞেস

করলেন," কি চাই আপনাদের?" রবিন একটু মুচকি হেসে উত্তর দিল,"আজ্ঞে আমাদের appointment
আছে, দেখা করতে এসেছি।" উনি আবার বিরক্তি ভাব নিয়ে কাগজে মুখ গুঁজলেন,'' ভারী রসকষ হীন লোক তো, আমার একটুও ভালো লাগলো না"...আমি এই কথা গুলো বলতেই রবিন আর ডেভিড আবার অট্টহাস্য হেসে উঠলো। যাই হোক, আমরা তিনজন প্রবেশ দ্বার পার করে একটা ছোট্ট উঠান পার করে মূল ফটকের সামনে এসে হাজির হতেই দেখলাম এক পঞ্চাশোর্ধ ভদ্রলোক, বোধয় আমাদেরই অপেক্ষা করছিলেন, একগাল হাসি নিয়ে আমাদের দিকে এগিয়ে এসে জিজ্ঞেস করলেন,"আজ্ঞে আপনারাই কি.....?" তার কথা শেষ হওয়ার আগেই রবিন বলল,"আজ্ঞে হ্যাঁ আমি রবিন,(ডেভিডের দিকে হাত দেখিয়ে)
ইনি হলেন ডেভিড(এবার আমার দিকে তাকিয়ে) আর উনি আমার বন্ধু এবং ডেভিডের দাদা তিনকরি বাবু।" ভদ্রলোক একটু মুচকি হেসে বললেন," নমস্কার, আসুন বড় বাবু আপনার জন্য অপেক্ষা করছেন। আসুন...." এই বলে তিনি আমাদের একটা বড় ঘরে নিয়ে গেলেন, বেশ বড় ঘর, ছাদ থেকে বড় দামি ঝাড় বাতি ঝুলছে, দেয়ালে পূর্বপুরুষদের ছবি, ঘরে বিশাল বড় বড় সোফা সেট আর ঘরের মাঝে পরিপাটি করে সাজানো একটি কাঁচের সেন্টার টেবিল। সোফা সেটের একটিতে বসে আছেন সাদা ধুতি পাঞ্জাবী পড়া বয়স্ক ভদ্রলোক আর আরেকটিতে রয়েছেন এক উর্দি ধারী পুলিশ কর্তা । আমরা ঢুকতেই উর্দিধারী
অফিসার উঠে দাঁড়িয়ে আমাদের দিকে তাকিয়ে বললেন," আরে রবিন আর ডেভিড যে...!",ডেভিড একটু ইতস্তত হয়ে বলল," অর্ণব বাবু....." বুঝতে পারলাম, বেশ জোড়াল আর ভয়ঙ্কর কিছু একটা না হলে শোভাবাজার রাজবাড়ীতে এমনি দিনে পুলিশ আসে না । "তবে আপনারা একে অপরকে চেনেন,অবিশ্যি তাহলে আপনাদেরই ভালো। তাহলে অর্ণব বাবু আপনি এই ছোকরাদের যা ঘটনা ঘটেছে ডিটেলে বুঝিয়ে দিন আমার ওষুধের সময় হয়েছে আমি ঘরে যাচ্ছি, নমস্কার...." গম্ভীর কর্কশ গলায় আদেশ ভঙ্গিতে বড় বাবু অর্ণব বাবুর উদ্দেশ্যে মন্তব্য ছুড়ে দিয়ে তিনি তার ঘরের দিকে চলে গেলেন।
এবার অর্ণব বাবু আমাদের দিকে তাকিয়ে বললেন ,"আমার পিছনে এসো...."
আমরাও আর বেশি বাক্যব্যায় না করে তাকে অবলম্বন করলাম।
অর্ণব বাবু আমাদের মূল বসত বাড়ি থেকে বাইরে এনে দালান বাড়ির দিকে

নিয়ে গেলেন; দেখে বোঝা যাচ্ছে যে ওই অংশ বেশ পুড়নো, ওখানে ঢুকতেই দান দিকে বিশাল শ্বেত পাথর বসানো দালান, এখানেই সেই বিখ্যাত দূর্গাপুজো হয়ে,বাকি 3 দিক হল বসত বাড়ির অংশ আর মাঝে বোধয় একটা ছোট্ট বাগান,জরাজীর্ণ অবস্থা....৪-৫টি বাতাবী লেবু গাছ। আমরা বাম দিকের বসত বাড়ির অংশে। প্রবেশ দ্বারের সামনে এসে অর্ণব বাবুর মুখটা সম্পূর্ণ গুরুগম্ভীর হয়ে গেল। তিনি এক ঠেলায় দরজা খুলে দিতেই.......লাশ....."

*** *** *** ***

তৃতীয় পর্ব

*** *** *** ***

চোখের সামনে যে দৃশ্য দেখছিলাম সেটা দেখে সত্যি স্তম্ভিত হয়েছিলাম....চোখের সামনে কোনোদিন লাশ দেখিনি, গা গোলচ্ছিল। লাশ....না, এক নারীর মৃতদেহ বলাটাই উচিত হবে....নৃশংস ভাবে
হত্যা হওয়া নারীর মৃতদেহ....গলার নলি চিরে গেছে....রক্তের স্রোতে মেঝে ভেসে যাচ্ছে....দেহ প্রায় ফ্যাকাসে হয়ে গেছে....আ...আমার শরীর অস্বস্তিতে ভোরে উঠছিল ,এমন সময় অর্ণব বাবু আমাকে উদ্দেশ্য করে বললেন," আপনার কি শরীর খারাপ লাগছে? তাহলে আপনি বাইরে গিয়ে অপেক্ষা করতে পারেন....." , "না না, ঠিক আছে।" আমি মৃদু স্বরে উত্তর দিলাম; অর্ণব বাবু একটু হেসে আবার তদন্ত শুরু করেছেন। দেখলাম ডেভিড আর রবিনও তদন্তে যোগ দিয়েছে.....

"আচ্ছা অর্ণব বাবু..." ডেভিড জিজ্ঞেস করল," লাশের কাছ থেকে কি কি উদ্ধার হয়েছে?" অর্ণব বাবু উত্তর দিলেন ," ভালো মনে করালে, খুব আশ্চর্যজনক ভাবে এক পরিচারিকা হওয়া সত্ত্বেও ওর কাছ থেকে একটা ডায়েরী,একটা পুড়নো ফাউন্টেন পেন আর একটা বেশ দামী দোয়াত স্কর্পিও ব্র্যান্ডের".....রবিনও সব কথা শুনছিল, ও ভ্রু কুঁচকে বলল," স্কর্পিও ইঙ্ক কো তো আজ থেকে প্রায় তিরিশ বছর আগে বন্ধ হয়ে গেছে", অর্ণব বাবু ঘাড় নেড়ে সায় দিয়ে বললেন,"একদম....সেই কোম্পানি সিল করে দেয়া হয় এবং এই রাজবাড়ীর বড় বাবুই তাতে সাহায্য করেন।".......রবিন আর ডেভিড খানিক চুপ করে থাকার পর নিজেদের মধ্যে আলোচনা করে অর্ণব বাবুর থেকে অনুমতি নিয়ে এক দিনের জন্য ডায়েরীটা চায় এমন সময় দরজার ওপর থেকে এক কর্কশ গলা বলে ওঠে," তাহলে এবার বুড়ো পুলিশের সাথে টিকটিকিও নিয়োগ করেছে.....বেশ বেশ...দেখা যাক কার ঘটে কত জল...(পৈশাচিক হাসি)...." এই বলে উনি বসত বাড়ির দিকে চলে গেলেন।

"লোকটা কে, অর্ণব বাবু?" ডেভিড বেশ রেগে প্রশ্ন করলো......; অর্ণব বাবুও বেশ গম্ভীর ভাবে উত্তর দিলেন," আরোহণ দেব, পরিবার সবচেয়ে ছোট ছেলে এবং সব চেয়ে দুশ্চরিত্র বিশিষ্ট ছেলে। মদ,মেয়ে,জুয়া কি না করেছে....এইসব কারণেই বড়বাবু ওকে সম্পত্তি থেকে বিতাড়িত করেছেন , কিন্তু তার মায়ের অন্ধ প্রেম.....বুঝতেই পাড়ছ....."। ডেভিডের মুখ তখনো বেশ গম্ভীর। রবিন ওর কাঁধে হাত রেখে অর্ণব বাবুকে জিজ্ঞেস করলেন ,"ময়না তদন্তের রিপোর্ট এলে জানাবেন। আমরা বাইরে একটু জিজ্ঞাসাবাদ করে আসছি।"; " দাঁড়াও, আমিও আসছি, বড় বাবুকে বলে সকলকে এক জায়গায় জড়ো করতে বলছি...." অর্ণব বাবু শুধলেন। রবিন ঘাড় নেড়ে সায় দিল.......।।

*** *** ***

মিনিট দশেক পর.........

*** *** ***

বসত বাড়ির বড় ঘরে দেখলাম পরিবারের সকল সদস্যরা উপস্থিত ছিলেন।"আপনার কথা মতন সকলকে একত্রিত করলাম.....এবার কি জিজ্ঞেসবাদ করবেন করুন। আচ্ছা, তার আগে পরিচয় করিয়ে দি; এখানে রয়েছে আমার স্ত্রী কমলা দেবী, আমার তিন ছেলে....এদের মধ্যে জ্যেষ্ঠ হলেন বিমল দেব, মেজ ছেলের নাম সু-মাল্য দেব এবং ছোট ছেলে আরোহণ দেব। এছাড়া রয়েছেন আমার ২ বৌমা, অর্থাৎ বিমল ও সুমাল্যর স্ত্রী পারমিতা দেবী এবং নন্দিনী দেবী। আর রয়েছে আমার নাতি, মানে বিমলের ছেলে সিদ্ধার্থ।এবার আপনারা জিজ্ঞাসাবাদ শুরু করতে পারেন...."।"আচ্ছা আপনাদের সকলকেই আগে জিজ্ঞেস করে রাখা উচিত যে হত্যার সময় আপনারা সবাই কোথায় উপস্থিত ছিলেন একটু খুলে বলেন।" অর্ণব বাবু জিগালেন। প্রথমে বিমল দেব এবং সুমাল্য দেব উত্তর দিলেন যে তারা আপিসে গিসলেন, এরপর উত্তর দিলেন কমলা দেবী,পারমিতা দেবী এবং নন্দিনী দেবী.....জানা গেল তারা রান্নার কাজে এবং ঘর গোছানোর কাজে ব্যস্ত ছিলেন। সিদ্ধার্থ জবাব দিল যে ও বড়বাবুকে নিয়ে তাদের পারিবারিক বন্ধু রায়চৌধুরী বাড়িতে ঘুরতে গেছিলেন। শেষে আরোহণ দেব জানালেন যে উনি সকাল থেকেই মদের ঠেকায় ছিলেন। "আর কোনও পরিচারক পরিচারিকা আছে আপনাদের....?" ডেভিড জিজ্ঞেস করল। কমলা দেবী উত্তরে বললেন," আছেন...মেঘদূত দাদা আছেন। কিন্তু সপ্তাহ খানেক শরীর খারাপ বলে দেশে গেছেন।" রবিন সব শেষে জিজ্ঞেস করল," আপনারা তো

অ্যাপয়েন্টমেন্ট ছাড়া কাউকে ঢুকতে দেন না। তাছাড়া কেউ আপনাদের অনুপস্থিতিতে সিকিউরিটি সার্ভিস মোতায়েন করা হয়। অর্থাৎ বাইরের লোকের প্রবেশের সুযোগ নেই বললেই চলে। অন্য কোন রাস্তাও নেই কারণ আপনাদের বাকি আত্মীয়েরাও চারদিকেই ছড়িয়ে আছে। বলা উচিত নয়, তবে শুনেছি আপনাদের সম্প্রতি সম্পত্তি বণ্টন নিয়ে বেশ তিক্ততা তৈরি হচ্ছে। সে সব বাইরের কথা । তবে সব কিছু এক দিকেই সন্দেহের তীর নিক্ষেপ করছে যে...." বাক্যটা শেষ করায় ব্যাঘাত দিল আরোহণ বাবু....পকেট থেকে পিস্তল বের করে সোজা রবিনের দিকে তাক করে গর্জে উঠলেন," কি বলতে কি চাস তুই....দু পয়সার টিকটিকি...আমরা রাজ পরিবার...চাইলে এখানেই শেষ করে দিতে পারি তোকে.....নিজের সীমা উল্লঙ্ঘন করার চেষ্টাও করবি না....নাহলে খুব..." দেখলাম অর্ণব বাবুও তার সার্ভিস পিস্তল বের করে আরোহণ বাবুর দিকে উঁচিয়ে রেখেছেন....উনিও গর্জে উঠলেন," আগ্নেয়াস্ত্র নামান নাহলে আমি গুলি করতে বাধ্য হব।" আরোহণ দেব বেশ চোটে গিয়ে বন্দুকটা পকেটে পুরে নিজের ঘরের দিকে চলে গেলেন। কমলা দেবী আমাদের দিকে তাকিয়ে বললেন," আমার ছেলেটাকে ক্ষমা করে দিন। ওর স্বভাবটাই ওরকম। আমি আপনাদের কাছে ক্ষমা প্রার্থনা করছি ওর হয়ে।......" সবাই বেশ গম্ভীর হয়ে পড়েছে। রবিন আর ডেভিড ও বেশ গম্ভীর, ওরা নিজেদের মধ্যে দেখলাম কি সব ফিসফিস করছে। মিনিট পাঁচেক পর রবিন বলল ," আজ আর বিশেষ কিছু জিজ্ঞেস করার নেই। তবে প্রশ্ন অনেক উদ্ভব হবে....ময়না তদন্তের ফলাফল প্রকাশ না হওয়া পর্যন্ত কিছু বলা যাচ্ছে না। কিন্তু এটা ভাববেন না যে কেস বন্ধ হয়ে গেছে। নমস্কার....."। এই বলে আমরা তিনজন এবং অর্ণব বাবু দরজার দিকে হাটা লাগলাম, নীলমণি বাবু আমাদের গেট অব্দি ছেড়ে দিতে এলেন এবং একটি ট্যাক্সি ডেকে আমাদের উঠিয়ে দিলেন। অর্ণব বাবু অবশ্য তার জিপেই রওনা দিলেন......

" এখনো আরোহণ দেবের অসভ্যতার কথা ভাবছিস ?" ট্যাক্সিতে বসে রবিনের গুরুগম্ভীর মুখ দেখে এই প্রশ্নটা করলাম। রবিন ড্রাইভারের পাশের সিটে বসে বাইরের দিকে তাকিয়ে কি একটা ভাবছিল, আমার প্রশ্নটা হটাত আছড়ে পড়ায় ওর মোহভঙ্গ ঘটে। ও খানিক চুপ থাকার পর একটা দীর্ঘ নিঃশ্বাস ফেলে বলল," না, ওটা নিয়ে বিশেষ ভাবছি না। সকাল থেকে পেটে পানি পড়লে আর উগ্র স্বভাবের মানুষের কাছে ওই ঐরকম ব্যবহারই কাম্য। তারউপর বাবা-ঠাকুরদাদার এত পয়সা।"....."হুম্ম, তা ঠিক বলেছিস।"

আমি উত্তর দিলাম। " সন্ধে নাগাদ একবার অর্ণব বাবুকে কল করতে হবে, ময়না তদন্তের রিপোর্টটা জানতে...." ডেভিড বলল...."কে জানে....আরও কি কি তথ্য বেরোয়........"

*** *** ***

চতুর্থ পর্ব

*** *** ***

(ফোনের ঘন্টা বাজলো...) "হ্যালো.... হ্যাঁ বলুন...কি?...আচ্ছা ঠিক আছে, আমরা এখুনি আসছি..."......ফোনটা রেখে রবিন আমাদের ফোন করে সোজা বাগুইহাটি, অর্থাৎ অর্ণব বাবুর বাড়িতে গিয়ে মিট করতে বলল....ফোনটা যেহেতু ডেভিড ধরেছিল, সম্পূর্ণ ব্যাপারটা ও জানে। ওকে জিজ্ঞেস করতে ও জানালো," একটু ধৈর্য ধর। অর্ণব বাবু সব বুঝিয়ে বলবেন..." আমিও অগত্যা কিছু বললাম না। মিনিট দশেকের মধ্যে আমরা ট্যাক্সি ধরে সোজা বাগুইহাটিতে অর্ণব বাবুর বাড়ির উদ্দেশ্যে রওনা হলাম।

২৫ মিনিটের মাথায় আমরা অর্ণব বাবুর বাড়ির সামনে উপস্থিত হলাম। দেখলাম রবিন আমাদের জন্য দরজার বাইরে অপেক্ষা করছে.......

বেল বাজাতেই অর্ণব বাবু দরজা খুলে আমাদের ভেতরে আসতে বললেন। আমরা ওনার গেস্ট রুমে ঢুকতেই উনি সৌজন্যের খাতিরে জিজ্ঞেস করলেন," আচ্ছা চা কফি কিছু...." রবিন হাতের ভঙ্গিতে বারণ করে দিয়ে বলল," ময়না তদন্তের রিপোর্টের ব্যাপারটা একটু খুলে বলুন, ওটা কেসের অনেক অন্ধকার কোনায় আলোকপাত করবে।" অর্ণব বাবুও মাথা নেড়ে সম্মতি জানিয়ে ময়না তদন্তের রিপোর্ট আমাদের হাতে তুলে দিলেন.... প্রথম লাইনটা পড়েই আমাদের চোখ ছানাবড়া ......লেখা ছিল ' Death due to presence of excess Lysergic acid dimethylamide ....and excessive blood loss due to slicing of throat by a sharp edged object...." আমি হকচকিয়ে বললাম," অ... অর্থাৎ...অর্থাৎ এটা....";......" একটা ঠাণ্ডা মাথায় করা খুন.....", রবিন উত্তর দিল। সত্যি কথা বলতে আমার বুকের ভেতরটা ধড়াস করে উঠেছিল। রবিন খানিক ভেবে চিন্তে বলল," অধিক পরিমাণ LSD....হম্ম এরম হতে পারে যে অজ্ঞান করে তারপর খুনটা করা হয়। উল্টোটাও হতে পারে...আমাদের দিকভ্রান্ত করার জন্য...." ," সম্ভাবনা কম...." অর্ণব বাবু গম্ভীর হয়ে উত্তর দিলেন, রবিন ভ্রু কুঁচকে জিজ্ঞেস করল,"কেন?....." অর্ণব বাবু আমাদের দিকে তাকিয়ে একটাই কথা বললেন... " মেয়েটা ৬ মাসের অন্তঃসত্ত্বা ছিল......"

" কি!?!?!?!?.....কি বলছেনটা কি আপনি? এটা কি করে সম্ভব? ও তো অবিবাহিত ছিল, অন্তত রাজবাড়ীর লোকেরা তাই বলেছিল।" , এর উত্তরে অর্ণব বাবু কোনও কথা বললেন না, শুধু আরেকটা ল্যাব রিপোর্ট আমাদের ধরিয়ে দিলেন। খবরটা সত্যি আমাদের ভাবনার ভীত টলিয়ে দিয়েছিল। রিপোর্টেও ওই মহিলার অন্তঃসত্ত্বা হওয়ার প্রমাণ ছিল....." রবিন অনেকক্ষন রিপোর্টটা পরখ করে বলল," তবে কি...তবে কি ওর কারোর সাথে সম্পর্কে আবদ্ধ ছিল?.....তবে কি এই অন্তঃসত্ত্বাই তার মৃত্যুর কারণ?....পুরো ভাবনাটাই উল্টে পাল্টে গেল.....উফ: কি ভয়ঙ্কর।" ডেভিড অনেকক্ষন চুপ করে সমস্তটা শুনছিল। তারপর ও বলল ," আচ্ছা মহিলাটির দেহে যে এত পরিমাণ LSD পাওয়া গেছে, সেটার সোর্স এখনো জানা যায় নি তাই না?" অর্ণব বাবু ঘাড় নেড়ে না জানালেন, " তবে আরেকটা অদ্ভুত তথ্য জানানো দরকার তোমাদের, যে মহিলার মুখের ভিতর এবং খাদ্য নালির কিছু অংশ নীলচে হয়ে গেছে। ডেভিড কি একটা ভেবে বলল," একবার দোয়াতে যে টুকু পরিমাণ কালি অবশিষ্ট আছে সেটার কেমিক্যাল এনালিসিস করে দেখুন না যদি কিছু পাওয়া যায়..." অর্ণব বাবু খানিক বিবেচনা করে বললেন," মন্দ বলো নি, আমি কালকেই ফরেনসিকে গিয়ে বলছি..." ; সেদিনকার মতন আমরা আলোচনা শেষ করে বিদায় নিলাম। অবশ্য ঠিক হল রাতে ডেভিডের পড়ার ঘরে আমরা তিনজন সেই ডায়েরিটা পাঠোদ্ধার করবো, তবে তখনকার মতন বিদায় নিলাম......

*** *** ***

পঞ্চম পর্ব

*** *** ***

...." ১৯ এ সেপ্টেম্বর ২০১৭,

ডায়েরি লেখার অভ্যাস অনেক দিন নেই, তবু চেষ্টা করছি কিছু ঘটনা লিপিবদ্ধ করার প্রয়োজন বোধে পুড়নো অভ্যাসকে পুনরুজ্জীবিত করলাম। এই রাজ বাড়িতে মাস আটেক ধরে কাজ করছি পরিচারিকা হিসেবে। এখানে আমাকে সবাই প্রিয়াঙ্কা বলে ডাকে। তবে......এটা আমার আসল পরিচয় না। আমার প্রকৃত নাম প্রিয়া বসু রায়।আসলে আমাকে বড়বাবু নিয়োগ করে ছিলেন অর্ণব বাবুর চালচলনের উপর তীক্ষ্ণ দৃষ্টি রাখতে, মূলত দুটি কারণে; প্রথমত, আরহণ বাবুর চারিত্রিক দুর্গতির সম্পূর্ণ খবরাখবর রাখতে দ্বিতীয়ত, যেটা মূল কারণ সেটা হল, বড়বাবু সন্দেহ করছেন যে আরহণ বাবু সম্পত্তি থেকে বেওয়ারিশ হয়ে যাওয়াটা ভালো মনে নেন নি। অবশ্য

সেটাই স্বাভাবিক, এত বড় সম্পত্তির মালিকানা থেকে বিচ্ছিন্ন হয়ে যাওয়াটা সত্যি আঘাত করে, তাই বড়বাবুর বিশ্বাস যে আরহণ বাবু যেন তেন প্রকারে নিজের অধিকার হাতিয়ে নিয়েই ছাড়বেন। এখনো পর্যন্ত বহুবার নিজের চোখেই বাপ ব্যাটার বাকবিতণ্ডা লক্ষ্য করেছি। আমি মাস চারেক ধড়ে আরোহণ বাবুর উপর নজর রেখেছিলাম, তাতে যা তথ্য আমি পেয়েছি তা সত্যি লোমহর্ষক। প্রথমেই বলে রাখা দরকার যে বড়বাবুর সন্দেহ অর্ধেকটা ঠিক, কারণ আরহণ বাবু কিছু একটা ষড়যন্ত্র করছেন এবং তাকে সাহায্য করছেন এক বিদেশী, বেশ কয়েকবার তিনি রাজবাড়ীতে ঘুরেও গেছেন, এই বাড়িটা কেনার ধান্দায়। সম্ভবত ইনি আরহণ বাবুকে হাত করেছেন তার স্বার্থ সিদ্ধির জন্য। এনার সম্পর্কে কিছু তথ্য নেই আমার কাছে, তবে এনার কথা শুনে রুশ দেশীয় ঠাহর করা গেছে। পরে অবশ্য বড়বাবু জানিয়েছেন ভদ্রলোকের নাম রবার্ট বায়েরন জেলেনেস্কি, রাশিয়ার জমিদার বাড়ির, তবে এ দেশে আছেন বছর তিরিশ ধরে, লোকটির বয়সও ওই ষাট পঁয়ষট্টির কাছাকাছি বাংলা একদমই জানেন না। তবে আরহণ বাবু এবং রবার্টকে বহুবার স্কর্পিও ইঙ্ক ফ্যাক্টরির পুড়নো ভাঙা বিল্ডিঙের ভিতর দেখা করতে দেখেছি। তবে এরপর আর বিশেষ কিছু তথ্য পাইনি......."

এরপর ডায়েরিটা ফাঁকা ছিল, আমি রবিনকে জিজ্ঞেস করলাম," শুধু এইটুক খানি লেখা এত বড় ডায়েরিতে....."হুম্ম, আমিও তো তাই দেখছি। তবে আরও কিছু নতুন তথ্য আবিষ্কার হয়ে কেসের প্যাঁচ বাড়িয়ে দিল। এই ভিনদেশি লোকটার কে? আর আরহণ বাবুর সাথে বা ওই ভাঙা চোরা বিল্ডিঙেই কেন দেখা করে?......." রবিন গম্ভীর ভাবে বলল। " কাল একবার ওই বিল্ডিঙে গিয়ে দেখে আসা উচিত, কি হয় না হয়। কারণ যদি কিছু পাওয়া যায়, তবে একটা বড় অংশ সলভ হয়ে যাওয়ার সম্ভাবনা রয়েছে..." ডেভিড শুধল। রবিন ঘাড় নেড়ে সম্মতি জানিয়ে বলল," খারাপ বলো নি। ওখানে যাওয়াই ভালো। কাল আমার পিস্তলের লাইসেন্সটা ক্লিয়ার হবে। অত এব দমদম থেকে মেট্রো ধরে গিরিশ পার্কে ওই বিল্ডিঙে যাওয়া যা....." রবিনের কথায় ব্যাঘাত পড়লো, ওর ফোন এসেছে, ফোনটা করেছেন অর্ণব বাবু, রবিন ফোনটা রিসিভ করে স্পিকারে দিয়ে দিল, " হ্যাঁ... হ্যাঁ...হ্যালো রবিন আমি ফরেনসিকের রিপোর্টটা পেয়েছি। ডেভিডের সন্দেহ ঠিক ছিল। ওই শিশিতে কালি ছিল না, ছিল কেবল রং মেশানো LSD দ্রবণ....তোমরা নতুন কিছু তথ্য পেলে?...." এরপর রবিন ডায়েরির সমস্ত লেখাটা ওনাকে সংক্ষিপ্ত ভাবে জানিয়ে দিল এবং এটাও জানালো যে কাল আমরা ওই ফ্যাক্টরি

বিল্ডিঙে যাচ্ছি। সব শুনে অর্ণব বাবু সম্মতি জানিয়ে বললেন," আচ্ছা ঠিক আছে, আমি তবে রাজবাড়ী গিয়ে তদন্ত চালিয়ে রাখছ..." কথা শেষ হওয়ার আগেই রবিন স্পিকার অফ করে ফোনটা কানে ধরে ঘরের বাইরে চলে গেল। কারণটা আমি না বুঝলেও ডেভিড বেশ বুঝেছে, এটা ওর মুখের অভিব্যক্তি দেখেই বোঝা যায়....

*** *** ***

ষষ্ঠ পর্ব

*** *** ***

" বিল্ডিংটা নেহাত কোনও পোড়ো বাড়ির চেয়ে কম নয়।" ডেভিড হালকা হেসে স্কর্পিও ইঙ্ক কো এর বন্ধ হওয়া বিল্ডিঙের সামনে দাঁড়িয়ে এই মন্তব্য করলো। খুব একটা ভুল কথা বলে নি, কারণ এই পুড়নো তিন তলা ভাঙাচোরা পরিত্যক্ত বাড়িটা দেখতে এক্কেবারে পোড়ো বাড়ির মতোই, রাত্রি বেলা গেলে সবারই ভয় লাগবে। রবিন দেখলাম অনেকক্ষন শাটার দেয়া সিল করা কোলাপসেবেল দরজাটার দিকে তাকিয়ে ছিল, তারপর ডেভিডকে ডেকে বলল," ওই দেখো"বলে একটা নির্দিষ্ট জায়গায় আঙ্গুল দিয়ে দেখাল, ডেভিড প্রায় উত্তেজিত হয়ে মাটির দিকে ঝুঁকে পড়লো। অবশ্য উত্তেজিত হওয়ার মতোই ছিল, কারণ মাটিতে একটা জ্বলন্ত সিগারেট এবং শাটারের তালা ভাঙা.....আমিও উত্তেজিত বললাম,"অর্থাৎ......" রবিন আমার বাক্য শেষ করার আগেই বলে উঠলো," অর্থাৎ ভেতরে লোক আর লাইভ এভিডেন্স আছে। অর্থাৎ মিশন সাকসেস ফুল। রবিন আর ডেভিডের টেলিপ্যাথিরও জোর আছে তবে।" এই বলে আমরা তিনজন অতি সন্তর্পণে শাটার তুলে ভেতরে ঢুকলাম...; বাড়িটার বেশ ঝরঝরে জরাজীর্ণ অবস্থা, ছাদ থেকে চাই খুলে পড়ছে....দেয়ালের প্লাস্টার খোসে পড়ছে, দিকে দিকে জং ধরা মেশিন পাতি পরে আছে। জং ধরা লোহার সিঁড়ি বেয়ে আমরা উপরের ফ্লোরের উদ্দেশ্যে আগুয়ান হলাম। লক্ষ্য করলাম প্রতিটা ফ্লোরে একটা করে কেমিক্যাল এনালাইসিস করার পরীক্ষাগার রয়েছে। সবকটাই তালা বন্ধ, দোতলাও দেখলাম নিস্তব্ধতা সারা কলকারখানাটাকে জাঁকিয়ে বসেছে। তবে কি আমাদের গণনা ভুল হল? এখানে কেউ নেই? এইসব ভাবতে ভাবতে আমরা তিনতলায় উত্তীর্ণ হতে যাব এমন সময় রবিন আর ডেভিড আমাকে এক হ্যাঁচকা টানে একটা অন্ধকার কোনায় নিয়ে এলো আর তিন তলার দরজা দিয়ে উঁকি মেরে দেখতে বলল। আমি একপ্রকার হকচকিয়ে দরজার দিকে চোখ রাখতেই যা দেখলাম তাতে আমার গা শিউরে ওঠলো; দেখলাম

আরহণ দেব রক্তাক্ত অবস্থায় মেঝেতে পড়ে আছেন এবং ঘরে দু-তিন জন শন্ডাগন্ডা ব্যক্তি এবং....."আআআআ......

*** ***

সম্ভবত মাথায় কিছু দিয়ে সজোরে কিছু দিয়ে আঘাত করায় মুহূর্তের মধ্যে চোখের সামনে অন্ধকার নেমে এসেছিল। যখন চোখ খুললাম দেখি একটি অন্ধকার ঘরে আমাদের তিনজনকে আটক করে রাখা হয়েছে। মাথায় প্রচণ্ড যন্ত্রণা হচ্ছে। ডেভিড এবং রবিনকে দেখলাম বিশেষ ভয়ার্ত বা চিন্তিত দেখাচ্ছে না, ওদের সাহস খুব এটা জানা ছিল। আমি রবিনকে ডাকতে যাব এমন সময় অন্ধকার ঘরের দরজাটা খুলল, বেশ পুড়নো এবং মর্চে পড়ে যাওয়া দরজা ছিল তাই একটা বিচ্ছিরি শব্দ করে খুলতেই আমাদের দৃষ্টি ওদিকে গেল এবং....এক বিদেশি ভদ্রলোক ঘরের ভিতর ঢুকে আমাদের সামনে এসে দাঁড়িয়ে এক প্রকার বিচ্ছিরি অট্টহাস্য হেসে বললেন," What a pity! Such a fame both of you hold, but for nothing....Must be wondering who I might be, and must have guessed; Yes I am Robert Byron Zelnsky..." এর পর উনি পরিষ্কার বাংলায় বললেন," তোমরা কি ভেবেছিলে? ওই বুড়ো তোমাদের মতন দু পয়সার টিকটিকি লাগিয়ে আমাকে ধরতে পারবে? impossible..... তবে এত দূর আসতে পারবে এটাও কল্পনা করবো না বলবো না.... কেন জানো? কারণ খেলাটা শুরু থেকেই আমার সাজানো ছিল। তোমাদের নিয়োগ করার আগে তোমাদের বড় বাবু মিঃ রাধা কান্ত দেব বেশ ঘটা করেই সকলকে জানান, আর আমার পেয়াদা আরোহণ সৌভাগ্য বসত সেখানেই ছিল। Potential danger অনুভব করে তোমাদের রাস্তা থেকে সরানোর ষড়যন্ত্রটা আমারই ছিল। আর প্রিয়া সম্পর্কে কি আর বলবো, she was no less than a double agent, very talented but weak towards money; এটা ঠিক যে মিঃ দেব প্রথমে ওকে নিয়োগ করে, কিন্তু সে কথাও আমার লোকেরা জেনে যায়, তাই আমি দ্বিগুণ টাকা দিয়ে ওকে ডবল এজেন্ট বানিয়ে দি। কিন্তু টাকার প্রতি ওর লোভ ওকে আমায় ব্ল্যাক মেল করতে বাধ্য করে আর likewise আমায় ওকে এই পৃথিবী থেকে মুছে ফেলতে। By the way, তোমরা যে ডায়েরিটা follow করছিলে সেটাও আমার তৈরি একটা ফাঁদ। এত সহজে ফাঁদে পা ফেলবে এটা সত্যি ভাবিনি.....such a pity.... যাক। কোনও শেষ ইচ্ছে?....."

" তা আছে...." রবিন বলল। "আপনাকেও কিছু বোঝাবার আছে......রবার্ট

জেলেনেস্কি.... বা বলা উচিৎ আরোহণ দেব...." ডেভিডের এই কথা শুনে রবার্ট বাবু ভীষণ রেগে গিয়ে গর্জে উঠে বললেন," What rubbish...." , "রাবিশ নয় আরোহণ দেব..." এবার রবিন গম্ভীর গলায় বলে উঠলো," আপনি যদি ভেবে থাকেন যে এই ছদ্মবেশ ধরে আমাদের চোখে ধুলো দেবে, তবে সেটা স্বপ্ন।";"আসল Robert Byron Zelnsky মারা গেছেন প্রায় ১০ বছর আগে। রাশিয়ান টাইমসে বেশ ঘটা করে লেখাও বেরোয়.....মনে হয় খবর টবর বিশেষ পড়েন না। তাছাড়া আপনি যে প্রেসিডেন্সি কলেজের ছাত্র থাকাকালীন amature theatre এবং ছদ্মবেশ ধরতে ওস্তাদ ছিলেন এটা আপনার ঘরের ময়না তদন্তের সময়ে পাওয়া প্রাইজগুলো দেখেই বোঝা যায়।" ডেভিড ;" তাছাড়া মোটিভ টাও আপনার খাসা ছিল। রাজবাড়ীর উপর দখল করা। আসল Byron Zelensky মারা গেছেন এটা আমরাও হয়তো জানতে পারতাম না, তবে পুলিশের সাহায্যে রাশিয়ান embassy থেকে তার পরিবারের সাথে যোগাযোগ করার পরই জানতে পারি এবং সেই খবরের কাগজের ফটোকপিও পেয়েছি। গল্পটা ভালোই সেধেছেন, তবে কাজ করলো না..." এই বলে রবিন কথা শেষ করলো। রবার্ট দেখলাম খানিক হিংস্র শীতল দৃষ্টিতে রবিনের দিকে তাকিয়ে টান মেরে তার মুখ থেকে মুখোশ সরিয়ে ফেলতেই.... আরোহণ দেব!!!! এখনো নিজের চোখে বিশ্বাস করতে পারছি না.... তাহলে এতক্ষণ ওরা যা যা বলেছিল সব কিছু তবে সত্যি? আমার মাথা কাজ করছে না এমন সময় জেলেনেস্কি... নাকি আরোহণ দেব বলবো বুঝতে পারছি না, হাড় হীম করা কণ্ঠে হালকা হেসে বললেন,"বেশ, তোমাদের ব্যাপারে তবে ভুল কিছু শুনিনি। Excellent!!!আমি সত্যি অভিভূত। তবে হয় রে দুর্ভাগ্য, আজই তোমাদের জীবনের শেষ দিন হয়ে গেল..." এই বলে তিনি তার রিভলভার বের করে ট্রিগারে আঙ্গুল রাখবার সাথে সাথে একটা কান ফাটানো আওয়াজ, লক্ষ্য করলাম যে দরজার ওইপার থেকে একটা গুলি ছুটে এসে আরোহনের হাতের বন্দুকটা ফেলে দিয়েছে। দরজার বাইরে দেখলাম দাঁড়িয়ে আছে পুলিশ ফোর্স এবং বন্দুক উঁচিয়ে থাকা অফিসার অর্ণব ঘোষদস্তিদার। " খেলা শেষ মিঃ দেব...." অর্ণব বাবু বললেন.....দেখলাম ডেভিড আর রবিনও পেছনে হাত বাঁধা অবস্থাতেই উঠে দাঁড়িয়েছে। " এত সহজে নয়...." এই বলে আরোহণ দেব মাটিতে পড়া পিস্তলের দিকে পা বাড়াতেই রবিন ঝুঁকে পরে সেটাকে পা দিয়ে চেপে ধরল আর সঙ্গে সঙ্গে ডেভিড নিজের পিঠ দিয়ে ওর পিঠে ভোর দিয়ে জিমকাটা ব্যবহারে সজোরে আরোহণ দেবকে লাথি মেরে ভূমিষ্ঠ করে দিল। আমি শুধু

একবার নিজের বৃদ্ধমান ভুঁড়িটার দিকে তাকিয়ে আবার ওদের একশনে মন দিলাম। দেখলাম দুজন রাইফেল ধারী পুলিশ এসে আরোহণ দেবকে হাতকড়া পরিয়ে নিয়ে গেল........

*** *** ***

সপ্তম পর্ব

*** *** ***

"এতটা নীচে নেমে যাবে আরোহণ, এটা আমি স্বপ্নেও ভাবিনি।"...বড়বাবু বললেন। আমরা সকলে এখন রাজবাড়িতে উপস্থিত, সব কিছু স্পষ্ট করে সকলকে জানানো হয়েছে।

"তবে,"রবিন বলল," তিরিশ বছর আগে আপনিও একটা ভুল করেছিলেন... যদি আপনি ভু...." বড়বাবু হিমশীতল চোখে রবিনের দিকে তাকিয়ে হাত দেখিয়ে ওকে থামিয়ে দেন;...ঘরটা সম্পূর্ণ নিস্তব্ধ, শুধু পুড়নো দেয়াল ঘড়িটায় ঘন্টা বাজছে....এরপর বড়বাবু বলেন," জানি। তবে ইতিহাস বদলানো সম্ভব নয়, আমি তাও নিজের ভুল স্বীকার করে পশ্চাত্তাপ স্বরুপ ওকে একটা স্বর্ণময় ভবিষ্যৎ উপহার দিতে চেয়েছিলাম.... কিন্তু....." বড়বাবু দেখলাম তার হাত দিয়ে ঝপ করে তার চোখের কোনে আসা এক।বিন্দু অশ্রুর জল মুছে ফের তার বজ্রকঠোর রুপ ধারণ করে তার ঘরে ঢুকে দরজা বন্ধ করে দেন। আমরাও অগত্যা প্রস্থান করলাম...." তিরিশ বছর আগে... কি এমন ভুল করেন বড়বাবু?" রবিনকে জিজ্ঞাসা করতে একটাই উত্তর এলো..."একটু সাসপেন্স থাকা ভালো.......

*** *** ***

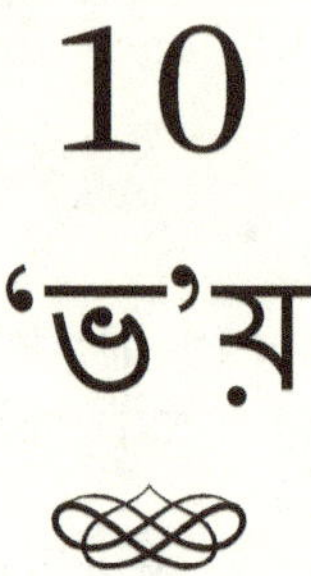

10

'ভ'য়

।। ১ ।।

অমাবশ্যার রাতটা ঘনিয়ে উঠেছে, আকাশটাও ঘন কালো মেঘের রাজত্বে পরিনত হয়েছে। বজ্র বিদ্যুৎ আর মুশুলধারে বৃষ্টির মধ্যে দিয়ে এই রাজত্বের আনন্দে মেঘেরা যেন মানুষদের তাদের বন্দিতে পরিণত করেছে। এরকমই ঝড়ঝঞ্ঝাময় রাত্রে কলকাতা শহর যখন গভীর ঘুমে মগ্ন, ছোট্ট একটা নামহীন অঞ্চলের কোনার বাড়িটায় টিম টিম করে তখনো আলো জ্বলছে আর একটা বাচ্চা উদাসীন ভাবে জানালার বাইরে মেঘগুলোর দিকে তাকিয়ে আছে।

-"আকাশটা এমন রাঙা হয়ে গেছে কেন বাবা...?" ছেলেটা প্রশ্ন করলো।

ফাঁকা ঘরটার অন্ধকার দরজার ওপার থেকে থেকে একটা গম্ভীর রক্ত জল করে দেয়ার মতন স্বরে উত্তর ভেসে এল,

-"আকাশে মেঘ জমেছে তাই, এবার তাড়াতাড়ি ঘুমিয়ে পর...বাবাকে কাজে বেড়াতে হবে না?"

একটু যেদের স্বরেই বাচ্চাটা বললো,

-"আমার ঘুম পাচ্ছে না...আমি এখন ঘুমাবো না"।

আবার উত্তর ভেসে এলো,

-"ওরকম করে না... বলেছি না তাড়াতাড়ি না ঘুমালে ভ্যাম্পায়ার এসে তুলে নিয়ে যাবে..."

-"ওই সব শুধু গল্প...ভ্যাম্পায়ার বলে কিছু হয় না। আমি এখন ঘুমাবো না..." এই বলে বাচ্চাটা যেদে বেঁকে বসলো।

-"ঠিকাছে, তোমাকে আজকে একটা সত্যিকারের ভ্যাম্পায়ারের গল্প শোনাবো...কিন্তু তোমায় তাড়াতাড়ি ঘুমিয়ে পড়তে হবে..." উত্তর এলো।

এটা শোনার পরেই বাচ্চাটা যেন একবাক্যে রাজি হয়ে গেল।

ঠিক তখনই ঘরের আলগুলো মিটমিট করতে শুরু করলো আর দরজাটা দিয়ে বেরিয়ে একজন রোগা লম্বা চেহারার লোক, এক ঝলকে মরদেহের সঙ্গে তার পার্থক্য করাটা প্রায় অসম্ভবই, শুধু এই দেহটি হাটতে চলতে ও কথা বলতে সক্ষম। গায়ের রঙ যেন রক্ত শূন্যতায় শ্বেতবর্ণ, লম্বা কালো চুল... অর্ধেক বুঁজে আসা চোখের তলায় গর্ত গুলো দেখে মনে হয় প্রায় কয়েক রাত্রি জাগা, পরণে সাদা হাতাওয়ালা ফতুয়া এবং পাজামা। লোকটা খাটের কাছে রাখা চেয়ারটায় এসে বসলো, পা তুলে হাঁটু ভাঁজ করে দুলতে দুলতে সেও জানালা দিয়ে বাইরে তাকিয়ে গল্পটা বলা শুরু করলো...

।।২।।

প্রায়ে একমাস আগের ঘটনা, সেন্ট্রাল জেলে একটি কয়েদিকে মৃত্যুদণ্ড দেয়া হয়, কিন্তু আর পাঁচটা মানুষের মতন তারও একটা পরিবার আর বেঁচে থাকার ইচ্ছে উভয়ই ছিল, তাই তার মৃত্যুদণ্ডের রায় ঘোষণার কথা শুনে সেও প্রতি মুহূর্তে তার জীবনের জন্য ভগবানের কাছে প্রার্থনা করতে শুরু করলো। সৌভাগ্য ছিল, নাকি দুর্ভাগ্য জানা নেই... কিন্তু তার এই প্রার্থনা যেন কেউ শুনতে পেল...তবে তাকে দেবতা বললে সঠিক ধারণা হবে না...।

পরদিন প্রথম সূর্যোদয়ের সঙ্গেই তার জীবনের অন্ত হতে চলেছে, এই ভাবনাটা যেন একটা ঘন কুয়াশার চাদরের মতন তার মনকে জড়িয়ে রেখেছে। একটা অদ্ভূত শব্দে তার এই ঘোর কাটে, সে লক্ষ করে তার সেলের দরজার এক অন্ধকার কোনায় একজন অফিসার কাগজের একটা ছোট্ট টুকরো রেখে ফিরে গেলেন। কাগজটায় একটা ছোট্ট নোট লেখা ছিল, 'বাঁচতে চাইলে এই রাতটা জাগতে হবে...'।

ধীরে ধীরে রাত আরো গাঢ় হতে থাকে, সব কয়েদিরা ঘুমিয়ে পড়ে...একমাত্র তার চোখেই ঘুম নেই...আজ রাতটাই তার জীবনের শেষ রাত, তারউপর এই সন্দেহজনক নোট, সব মিলিয়ে যেন একটা অস্বস্তিকর পরিবেশ সৃষ্টি করেছে। তারই মধ্যে দিয়ে কে যেন তার সেলের তালাটা খুলে দেয়...

-'তবে কি সব শেষ? না, এখনো ভোর হয়ে নি...তাহলে? এসবের মানে কি'? এসব জটিল প্রশ্ন তার মাথায় আঘাত করেই যাচ্ছিল, শেষ পর্যন্ত 'যা হবে দেখা যাবে, এমনিও মৃত্যু অপেক্ষা করছেই' ঠিক করে সে বেরিয়ে যায় তার

সেল থেকে।

জেলখানাটা রোজের তুলনায় একটু বেশিই নিঃশব্দ, ভয়ে ভয়ে কয়েক পা এগোতেই সে দেখে জেলখানার পেছনের দরজাটা খোলা... আর দূরে অন্ধকারে একটা গাড়ি যেন তার জন্যই অপেক্ষা করছে। বাইরে বেরোতেই পূর্ণিমার চাঁদের আলোয় আলোকিত সামনের দৃশ্যটা তার রক্ত জল করে দেয়... দরজায় বাইরে পাহারায় থাকা দুই প্রহরীর নিথর মুণ্ডুহীন দেহ পরে আছে । কিন্তু এখন দাঁড়িয়ে থেকে ভয় পেলে চলবে না, যদি বাঁচতে হয়ে...এটাই একমাত্র উপায়, তাই যতটা সম্ভব সাবধানতার সঙ্গে সে গাড়িটার দিকে পা বাড়ায়। গাড়িটা বাইরে থেকে দেখে সম্পূর্ণ ফাঁকা বলে মনে করে, গাড়িটা নিয়ে পালাবার পরিকল্পনা করে দু পা এগতেই কে যেন তার মাথার পেছনে জোরে আঘাত করে এবং কিছু বোঝার আগেই সে জ্ঞান হারায়।

।।৩।।

জ্ঞান ফিরতেই সে ধরফরিয়ে ওঠে, বুঝতে পারে সে ওই গাড়িটার মধ্যেই রয়েছে, কিন্তু চারপাশটা কেমন অচেনা...সে তড়িঘড়ি বাইরে বেরিয়ে আসতেই দেখে এক অফিসার, কিন্তু তার মুখে কেমন একটা অশুচিকর হাসি।

এদিক ওদিক চোখ ঘোড়াতেই দেখলো, সে এক ভয়ঙ্কর জায়গায় উপস্থিত হয়েছে, তাদের পিছনে ঘন অন্ধকার জঙ্গল, দু পাশে কবরিস্তান এবং সামনে একটা বিশাল পরিত্যক্ত পোড়ো বাড়ি...ধরণ দেখে কিছুটা ইংরেজ আমলের সাহেবি কায়দায় তৈরি, কিন্তু অনেকদিনের অবহেলায় ভুতুড়ে বাড়িতে পরিণত হয়েছে যার চারদিকে শ্যাওলা আর আগাছার দখল, জানালা গুলোর প্রায়ে সব কাঁচই ভেঙে গেছে... বাড়ির রেলিং গুলোয়ে এখন শুধুই বাঁদুর আর চামচিকের ডেরা, চারপাশটা যেন একটা হালকা কুয়াশার আবরণে লুকিয়ে আছে। এই অস্বস্তিকর আবহ থেকে যেন তার তখন শুধুই পালিয়ে যেতে ইচ্ছে করছে, কিন্তু লোকটার পা দুটোও ভয়ে ভারী হয়ে গেছে...।

-'চেষ্টা করে দেখতে পারো, পালিয়েও নিস্তার নেই, বাঁচতে চাইলে চুপ করে বাড়িটায় প্রবেশ করো...' অফিসার তাকে এই কথাগুলো বলে সেই পোড়ো বাড়িতে প্রবেশ করে কোথায় যেন অন্ধকারে মিশে গেল...লোকটা খানিকক্ষণ চুপ করে দাঁড়িয়ে অতি কষ্টে নিজেকে সামলে নিয়ে পুরো ব্যাপারটাকে হজম করার চেষ্টা করলো।

নিরুপায়ে হয়ে সে বাড়িটার দিকে পা বাড়াতেই দেখলো পিছনে কুয়াশাটাও আরও বেশি ঘন হয়ে চলেছে...সে যেন আস্তে আস্তে মানুষের আলোকিত সভ্যতাকে পিছনে ফেলে একটা কোনো এক ভীষণ রহস্যময় পথের

দিকে এগিয়ে চলেছে, প্রত্যেক পদক্ষেপের সঙ্গে তার ধমনী দিয়ে যেন চাপা উত্তেজনা আর ভয়ের মিশ্রণ খরস্রোতার মতন বয়ে চলেছে।

বাড়ির ভিতর পা রাখতেই সেখানকার সিংহদুয়ারটা যেন নিজে থেকেই একটা অদ্ভুত আওয়াজে বন্ধ হয়ে গেল। বাড়ির ভেতরটা কেমন উটকো ঠান্ডা, ঘুটঘুটে অন্ধকারের মাঝে নিজের পথ না বুঝতে পেরে একটু এগোতেই হটাৎ করে কে একটা যেন তার কাঁধে একটা ঠান্ডা নিশ্বাস ফেললো। ভয়ে লোকটার শরীর প্রায় জমে গেছে...কোনো মতে একটু পিছন ফিরতেই সে একটা স্বস্তির নিঃশ্বাস ফেললো, অফিসার তার পেছনে একটা লাইটার হাতে দাঁড়িয়ে।

-'চলো...এগোনো যাক...' সে বললো, তার মুখভঙ্গি যেন শুধুই একটা শূণ্যতা...

বাড়িটার মেঝেতে হাঁটার সঙ্গে সঙ্গে কেমন অদ্ভুত আওয়াজ করছিল, যেন কারোর যন্ত্রণার আর্তনাদের মতন। লাইটারের আবছা আলোয় সে লক্ষ করলো, তারা একটা অন্ধকার কোনে একটা দরজার দিকে এগিয়ে চলেছে। অফিসার সামনে গিয়ে দরজায় বার তিনেক টোকা দিয়ে কেমন মূর্তির মতন এক জায়গায় নিঃশব্দে দাঁড়িয়ে রইলো, যেটার অবসান ঘটলো দরজার ওপর থেকে ভেসে আসা কারোর পায়ের আওয়াজে,

-'এই পোড়ো বাড়িতেও কি তবে জীবনের বাস আছে'? লোকটা নিজেকে প্রশ্ন করলো।

একটা ক্যাঁচ শব্দ করে কে একজন যেন দরজাটা খুলে দিল, দরজার ওপারে ছিল একটা অন্ধকার নিম্নগামী সিঁড়ি...সম্ভবত ভূগর্ভস্থ কোনো ঘরের...কিন্তু দরজা যে খুলেছিল তাকে দেখা গেল না।

কিছুদূর এগোতেই সে খেয়াল করলো পথটা জুড়ে কেমন মিষ্টি, কিন্তু নেশাদায়ক গন্ধ...তারা যত এগিয়ে চলেছে, তত বেশি যেন গন্ধটারও জোর বাড়ছে...এই গন্ধটা যেন কোনও নেশা দ্রব্যের ন্যায়।

-'শুধু তোমারই প্রবেশ করার অনুমতি আছে, যাও...' অফিসার গম্ভীর ঠান্ডা গলায় পকেট থেকে বন্দুকটা বের করে বললেন।

লোকটা একটা ছোট্ট ঢোক গিলে আস্তে আস্তে সিঁড়ি বেয়ে নেমে গেল, কিছুটা নামতেই একটা ঘরের প্রবেশ দ্বার। একটা দীর্ঘশ্বাস ফেলে সে ঘরে প্রবেশ করতেই তার চোখের সামনের দৃশ্য দেখে যেন তার হৃৎপিন্ডটা কয়েক মুহূর্তের জন্য থমকে দাঁড়িয়ে গেল...

তার সামনে ছিল এক ভয়ঙ্কর দৃশ্য, সে দেখলো ঘরের দেয়াল আর মেঝে জুড়ে কিসব অদ্ভুত অজানা আকৃতি আর মন্ত্র খোদাই করা, ঘরটার চার কোনায় চারজন লাল পৈশাচিক মুখোশধারী পরণে লম্বা কালো আলখাল্লা...যেন অবিরত এক নামনাজানা প্রাচীন ভাষায় কিসব মন্ত্র আওরে চলেছে। ঘরের মাঝে রয়েছে দুটো কফিন, একটা ফাঁকা, আরেকটার মধ্যে রয়েছে একটা শুকিয়ে প্রায় মুড়ে আসা একটা মরদেহ...কিন্তু যে সে মরদেহ নয়, এক আশ্চর্য মরদেহ...ফ্যাকাশে শরীর, মুখের ভিতর থেকে দুখানা ছুঁচল দাঁত বেরিয়ে উঁকি দিচ্ছে, কেশহীন এই দেহটা কুঁকড়ে গেলেও বেশ বোঝা যাচ্ছিল এটা ঠিক কোনো মানুষের নয়। শুধু তাই নয়...সারা মেঝেটা যেন একটা রক্তের আর দেহাংশের ছড়াছড়ি...এই ভীষণ দৃশ্য আর আবহে রক্তে মিশ্রিত সেই জোড়ালো গন্ধ...সব যেন তার মাথায় মিলে মিশে একাকার হয়ে গেছে, ভয়ে হাত পা ঠান্ডা হয়ে অসার হয়ে গেছে, হৃদস্পন্দন যেন প্রতি মুহূর্তে বেড়ে চলেছে...মনে হচ্ছে কেউ যেন তার কলিজাটা চেপে ধরে ভেঙে চুরমার করে দিচ্ছে, যেন রক্তের স্রোতে তার শিরা গুলো ফেটে যাচ্ছে...সে কি ভীষণ অস্বস্তি, যেন এক্ষুনি কেউ তার খুলি ফুটো করে একটা গুলি চালিয়ে দিলে যেন শান্তি পায়ে...

-'এ কি অশরীরী জায়গায় চলে এসেছে সে' ? নিজের বুকের বাঁ দিকটা চেপে ধরে রেখে নিজেকে প্রশ্ন করলো সে, কিন্তু নাহ... কোনো উত্তর সে পাচ্ছে না, তার হৃদস্পন্দনের সবটা যেন ক্রমশ সব সবকে ছাড়িয়ে তার কানে এসে আঘাত করতে লাগলো। সে একবার উঠে দাঁড়িয়ে ভাবলো এক ছুটে পালিয়ে যাবে...শুধু দৌড় দৌড় আর দৌড়, পিছনে ফিরে তাকাবে না...কিন্তু উঠে পিছন ফিরতেই অন্ধকারের মধ্যে সেই অফিসারের বন্দুকের নলটা চকচক করে উঠলো,

-'পালাচ্ছ? কিন্তু এখান থেকে পালিয়ে বাড়ি ফিরে নিজের ছেলের মুখটা দেখার অবস্থায় থাকবে কি?' অফিসার একটা পৈশাচিক কণ্ঠে বললো।

-'ওনারা প্রাচীন সভ্যতার মানুষ...না...মানুষ বললে ভুল হবে, রক্তচোষা ভ্যাম্পায়ার...কয়েকশো বছর ধরে এই অঞ্চলে নিজেদের রাজত্ব কায়েম করেছে...এরা রাতের অন্ধকারে শিকার করে, আর কেউ টের ও পায়ে না। এনারা সর্বজ্ঞানী, এনাদের কাছে এমন ক্ষমতা আছে যেটা হয়তো তুমি স্বপ্নেও কল্পনা করতে পারবে না, তাই তোমার ভালোর জন্যই বলছি এনারা যা বলছে বাধ্য ভাবে মেনে নাও... নাহলে হয়তো বাড়ি ফিরে...' অফিসার একটা দীর্ঘনিঃশ্বাস ফেললেন।

এই মুহূর্তে লোকটার কাছে আর কোনো উপায়ে অবশিষ্ট ছিল না, হয়তো তখন জেল থেকে না পালিয়ে মৃত্যুদণ্ডটা স্বীকার করে নিলে আজ নিজের সন্তানের প্রানের চিন্তা করতে হত না, তার এই সাংঘাতিক ভুল সিদ্ধান্তের মাশুল তাকে দিতেই হবে... এখন ফিরে যাওয়ার জন্য অনেকটা দেরি হয়ে গেছে। তাই সে আর কিছু না ভেবে আবার ওই ঘরটার ভেতরে প্রবেশ করলো, দেখলো ঘরে উপস্থিত মুখোশধারীরা ওই মরদেহটাকে ঘিরে দাঁড়িয়ে আছে, এবং একজন তাকে ইশারায় পাশের ফাঁকা কফিনে শোবার নির্দেশ দিচ্ছে।

একটা দীর্ঘনিঃশ্বাস ফেলে সে টলতে টলতে কফিনটার দিকে এগোতে লাগলো...কিন্তু কফিনের কাছে যেতে ওই মরদেহটার দিকে চোখ পড়তেই তার শরীরটা থমকে গেল...মরদেহটা যেন একটু নড়ে উঠলো...

-'স্পন্দন!?!...নাকি কেবল তার মনের ভুল?' সে নিজের মনে মনে বললো।

কফিনের ভেতরে প্রবেশ করতেই একজন এসে তার হাত ,পা বেঁধে দিলো, আর একটা ছুঁচ ওয়ালা নলের একটা দিক তার কাঁধে ফুঁটিয়ে দিল...আরেকটা দিক ওই মরদেহটার হৃদয়ে, এর পরেই তারা আবার সেই প্রাচীন ভাষায় যেন কিসব মন্ত্র পড়তে লাগলো...খোলা কফিনের ভেতরে আটকে থাকা লোকটার শরীরেও যেন অদ্ভুত একটা অস্বস্তি বোধ চুভতে থাকলো। মুহূর্তের মধ্যে এই বিধি যেন কেমন অবাস্তব মোড় নিলো, মুখোশধারী লোকগুলো হটাৎ একটা করে ছুরি বের করে তাদের হাতের শিরা কেটে পড়ন্ত রক্তের ফোঁটা গুলো ওই মতদেহটার মুখের কাছে নিয়ে এলো আর আশ্চর্য ভাবে ওই দেহটার স্পন্দন বাড়তে শুরু করলো, আর সে সেই রক্তপান শুরু করলো...আস্তে আস্তে, কিন্তু হঠাৎ কিছুক্ষনের জন্য দেহটা নড়ে উঠে আবার নিথর হয়ে গেল... তবে আশ্চর্যের বিষয় ছিল ওই দুই দেহকে জুড়ে রাখা নলটা। প্রথম দেখায় একটা সাধারণ রক্ত পরিসঞ্চালনের নল মনে হলেও, এর মধ্যে দিয়ে রক্তের পরিবর্তে একটা সাদা তরল পদার্থ ওই মরদেহটার হৃদপিন্ড থেকে লোকটার দিকে ধেয়ে আসছিল...

তরলটা তার শরীরের মধ্যে প্রবেশ করতেই যেন তার শরীরে ভেতরটা কেমন ঠান্ডা হতে শুরু করলো...যেন কেউ তার রক্তের প্রতিটা বিন্দুকে বরফের ন্যায় জমিয়ে দিচ্ছে, তার শরীর এক ভয়ংকর যন্ত্রনায়ে শিউরে উঠলো...সে এক অবর্ণনীয় যন্ত্রনা, কেউ যেন নিজের হাতে তার শরীরের ভিতরটা আস্তে আস্তে ভেঙে গুঁড়িয়ে ফেলছে। লোকটা যন্ত্রনায় কাঁপতে

কাঁপতে চিৎকার করতে শুরু করলো, কিন্তু চারপাশের কেউ যেন তার এই যন্ত্রনার আর্তনাদ শুনতেই পাচ্ছে না...সে শিক বিধে যাওয়া একটা মাছের মতন ছটফট করে চিৎকার করতে লাগলো, সে কি চিৎকার...মুহূর্তের পর মুহূর্ত এই ভাবে যন্ত্রনায় কাটতে থাকে, যখন হটাৎ যেন তার শরীরটা কেমন নিস্তেজ হয়ে পড়ে যায়...চোখ দুটো বন্ধ হয়ে আসার আগে তার দৃষ্টিটা যেন মাথার উপরে ছোট্ট একটা জানালা দিয়ে দৃশ্যমান হওয়া পূর্ণিমার চাঁদটার দিকে, আস্তে আস্তে তার চোখের পলক দুটো পুরোপুরি বন্ধ হয়ে যায়... সঙ্গে তার হৃদস্পন্দনও থমকে যায়।

খানিক্ষনের জন্য ঘরটা কেমন মরা নিঃশব্দে ঢেকে যায়...আর পূর্ণিমার চাঁদের আলো অন্ধকার ঘরটা ভাসিয়ে দেয়। কতক্ষন যে এরম নিঃশব্দ আবহাওয়া ছিল জানা নেই, কিন্তু হটাৎ যেন একটা তাৎক্ষণিক অস্থিরতা এই স্তব্ধতার অবসান ঘটালো।

চাঁদের আলোটা লোকটার দেহ স্পর্শ করতেই যেন একটা হালকা স্পন্দন দেখা গেল আর সাথে সাথে লোকটার মোরদেহটা আবার উঠে বসলো...আর অন্ধকার ঘরে চাঁদের আলোয় সে তার চোখ দুটো খুললো, রক্ত রাঙা মনি...ছুঁচলো খঞ্জকের মতন দুটো ক্যানাইনের তীক্ষ্ণ ডগা ঠোঁটের মধ্যে দিয়ে উঁকি দিচ্ছিল। কিছু মুহূর্ত একটা পুতুলের মতন বসে থাকার পর লোকটা সজ্ঞানে এসে তার মধ্যে বেড়ে ওঠা একটা তৃষ্ণা অনুভব করলো...এ তৃষ্ণা জলে মেটে না, তার চাই রক্ত...তাজা গরম রক্ত...কারণ সেও আর জীবন্ত মানুষ বা নিস্তেজ মরদেহ কোনোটাই নেই, সে এখন একটা অবণস্বর ভ্যাম্পায়ার...

।।৪।।

বাইরে একটা জোর বজ্রপাতে বাড়ির কারেন্ট চলে গেল, কিন্তু বেশ বোঝা গেল যে বাচ্চাটার ভয়ে কুঁকড়ে গেছে। লোকটা একটু অদ্ভুত রকমের হাসি হেসে তার ছেলের উপর ঝুঁকতেই বাচ্চাটার ভয়ে রক্ত জল হয়ে গেল কারন বজ্রপাতের আলোয় সে স্পষ্ট দেখল তার দিকেই চেয়ে থাকা রক্তবর্ণ চোখ আর ঠোঁটের কোণে উঁকি মারা ক্যানাইনের ভয়ঙ্কর দৃশ্য...

www.ingramcontent.com/pod-product-compliance
Lightning Source LLC
LaVergne TN
LVHW101951220826
846093LV00006B/173

* 9 7 9 8 8 8 5 5 5 6 8 8 0 *